大學入［⋯⋯⋯⋯⋯⋯⋯⋯⋯］階
段，第一階段為**學科能力測驗**，第二
階段為**指定科目考試**。同時，教育部
也不再強制學校使用國立編譯館所出
版的教材，一連串的教改動作，使得
考生無所適從。每位考生都想知道，
英文要拿高分，到底該怎麼做？

英文要拿高分，一定要這樣做。
**首先，要背單字，要背必考單字。**要
參加學測的考生，一定要背「**學測字
彙4000**」。這本書的資料來源，是大考
中心所編製的「**學科能力測驗英文參
考詞彙表**」，然後經過審慎的篩選而
成。每一個字都是精華中的精華，想
在「學科能力測驗」中拿高分，就得
把這些字背得滾瓜爛熟。至於要參加
「指定科目考試」的同學，要背得更

多，本公司所出版的「**高中常用 7000 字**」，就是最好的武器。

英文要拿高分的第二個秘訣，就是**參加模擬考試**。唯有不斷參加考試，不斷發現錯誤，不斷從錯誤中求進步，才是必勝之道。「**劉毅英文家教班**」就是秉持這兩大原則，鼓勵學生背單字，要求學生參加模擬考試，我們的目標只有一個，就是「**英文一定要拿高分**」。

所有的考試都有一定的範圍，而本書已為即將參加學測的考生，釐定了明確的目標，考生們要以最快的速度背下這些單字，才能大步邁向高分之路。本書雖經審慎校對，力求正確無誤，但仍恐有疏漏之處，誠盼各界先進不吝批評指正。

劉 毅

# A a

☐ **abandon**〔ə'bændən〕*v.* 拋棄

They *abandoned* the car when they ran out of gas.

☐ **ability**〔ə'bɪlətɪ〕*n.* 能力

☐ **aboard**〔ə'bɔrd〕*adv.* 在車（船、飛機）上

The bus will leave as soon as everyone is *aboard*.

☐ **absence**〔'æbsṇs〕*n.* 缺席

Jack could not explain his *absence* from class.

☐ **absolute**〔'æbsə,lut〕*adj.* 絕對的

The boy has *absolute* trust in his older brother.

☐ **absorb**〔əb'sɔrb〕*v.* 吸收

Betty used a towel to *absorb* the spilled water.

☐ **abstract** (ˈæbstrækt ) *adj.* 抽象的

The toy clock helped the children understand the *abstract* idea of time.

☐ **academic** (ˌækəˈdɛmɪk ) *adj.* 學術的

Mathematics is only one of the *academic* subjects we are required to study.

【字尾是 ic，重音在倒數第二音節上】

☐ **accent** (ˈæksɛnt ) *n.* 口音

The speaker's strong *accent* makes him difficult to understand.

☐ **acceptance** ( əkˈsɛptəns ) *n.* 接受

Ted's parents were thrilled by his *acceptance* to medical school.

☐ **access** (ˈæksɛs ) *n.* 接近或使用權；通路

The dirt road provides the only *access* to the house.

□ **accidental** 〔ˌæksəˈdɛntl̩〕 *adj.* 意外的；偶然的；無意中的

His remark was *accidental*; he didn't mean to reveal the secret.

□ **accompany** 〔əˈkʌmpənɪ〕 *v.* 陪伴

My sister asked me to *accompany* her to the store.

□ **accomplish** 〔əˈkɑmplɪʃ〕 *v.* 完成

It was three hours before they *accomplished* the work.

【accomplish = finish = complete】

□ **according to** 根據

*According to* the forecast, it will be colder tomorrow.

□ **account** 〔əˈkaʊnt〕 *n.* 帳戶；敘述；說明

The police did not believe his *account* of the accident.

□ **accountant** 〔əˈkaʊntənt〕 *n.* 會計師

---

☐ **accurate** 〔'ækjərɪt 〕 *adj.* 準確的

Please make an *accurate* measurement of the room.

☐ **accuse** 〔 ə'kjuz 〕 *v.* 控告

The man was *accused* of robbery.

☐ **ache** 〔 ek 〕 *v.* 疼痛

Eva complained that her back *ached*.

☐ **achievement** 〔 ə'tʃivmənt 〕 *n.* 成就

We congratulated the students on their *achievement* at the graduation ceremony.

☐ **acid** 〔'æsɪd 〕 *adj.* 酸的

*Acid* rain is a serious environmental problem that affects large parts of the US.

☐ **acquaint** 〔 ə'kwent 〕 *v.* 使熟悉

I want to *acquaint* myself with the new library.

☐ **acquire** 〔 ə'kwaɪr 〕 *v.* 獲得

☐ **acre** 〔'ekɚ 〕 *n.* 英畝

Jim grew up on a 500-*acre* farm.

☐ **actual** 〔'æktʃʊəl 〕 *adj.* 實際的

This figure is wrong. The *actual* total is much less.

☐ **adapt** 〔 ə'dæpt 〕 *v.* 使適應;改編

The southerners found it difficult to *adapt* to the cold weather.

☐ **additional** 〔 ə'dɪʃənḷ 〕 *adj.* 額外的

The waitress gave me an *additional* cup of coffee because I had to wait for my meal.

☐ **adequate** 〔'ædəkwɪt 〕 *adj.* 足夠的

The number of chairs is not *adequate* for all the club members.

【 adequate = enough 】

☐ **adjective** 〔'ædʒɪktɪv 〕 *n.* 形容詞

□ **adjust** 〔əˈdʒʌst〕 v. 調整
Please *adjust* the sound. I can barely hear the news.

□ **admirable** 〔ˈædmərəbḷ〕 adj. 值得讚賞的
Although he failed, his effort was *admirable*.

□ **admission** 〔ədˈmɪʃən〕 n. 准許進入;入學許可
It is impossible to gain *admission* to the club unless you are a VIP.

□ **admit** 〔ədˈmɪt〕 v. 承認;准許進入
Danny finally *admitted* eating the pie.

□ **adopt** 〔əˈdɑpt〕 v. 採用;領養
The childless couple wish to *adopt* a baby. 【常考 adopt,adapt,adept 這三個字】

| ad + opt | opt〔ɑpt〕是動詞,表「選擇」,名詞為 option〔ˈɑpʃən〕n. 選擇。 |
| --- | --- |
| \| \| | |
| *to + choose* | |

□ **advance** 〔 əd'væns 〕 *n. v.* 前進

□ **advantage** 〔 əd'væntɪdʒ 〕 *n.* 優點

□ **adventure** 〔 əd'vɛntʃə 〕 *n.* 冒險（故事）
My grandfather enjoys talking about his
boyhood *adventures*.

□ **adverb** 〔'ædvɝb 〕 *n.* 副詞

□ **advertise** 〔'ædvə͵taɪz 〕 *v.* 登廣告
We have decided to *advertise* our new
product on the radio.
【 advertisement 〔͵ædvə'taɪzmənt 〕 *n.* 廣告 】

□ **affair** 〔 ə'fɛr 〕 *n.* 事情

□ **afford** 〔 ə'fɔrd 〕 *v.* 負擔得起
Adam cannot *afford* a bicycle let alone
a car.

□ **afterward(s)** 〔'æftəwəd(z) 〕 *adv.* 之後；
後來
Let's have dinner first and go to a movie
*afterwards*.

☐ **agency** (ˈedʒənsɪ) *n.* 代辦處
We bought our tickets from the travel
*agency* around the corner.

☐ **aggressive** (əˈgrɛsɪv) *adj.* 有攻擊性的
The dog is too *aggressive* to let run free.

☐ **agreement** (əˈgrimənt) *n.* 同意；協議
They reached an *agreement* only after
hours of discussion.

☐ **agriculture** (ˈægrɪˌkʌltʃɚ) *n.* 農業

☐ **aid** (ed) *n.* 幫助
The government offered *aid* to the
victims of the storm.

☐ **AIDS** (edz) *n.* 愛滋病

☐ **aircraft** (ˈɛrˌkræft) *n.* 飛機

☐ **aircraft carrier** 航空母艦

☐ **airmail** (ˈɛrˌmel) *n.* 航空郵件

☐ **alcohol** ('ælkə,hɔl ) *n.* 酒；酒精

It is illegal to sell *alcohol* to minors.

☐ **alert** ( ə'lɜt ) *adj.* 機警的

The *alert* guard prevented a robbery.

☐ **alley** ('ælɪ ) *n.* 巷子

☐ **allowance** ( ə'lauəns ) *n.* 零用錢

Meg asked her father to increase her *allowance* when she entered high school.

☐ **aluminum** ( ə'lumɪnəm ) *n.* 鋁

☐ **amateur** ('æmə,tʃur ) *adj.* 業餘的

The Olympics were designed as a contest for *amateur* athletes.

☐ **amaze** ( ə'mez ) *v.* 使驚訝

Donna *amazed* the judges with her excellent performance.

☐ **ambassador** 〔 æm'bæsədə 〕 *n.* 大使
【embassy 是「大使館」】

☐ **ambition** 〔 æm'bɪʃən 〕 *n.* 抱負
John's *ambition* is to become an astronaut.

☐ **amid** 〔 ə'mɪd 〕 *prep.* 在…之中
Ivan sat *amid* the fans, watching the performance with delight.

☐ **amount** 〔 ə'maʊnt 〕 *n.* 數量

☐ **amuse** 〔 ə'mjuz 〕 *v.* 娛樂
A clown was hired to *amuse* the children.

☐ **analyze** 〔 'ænl̩ˌaɪz 〕 *v.* 分析
We will *analyze* the results of the consumer survey before we design the advertisements.

☐ **ancestor** 〔 'ænsɛstə 〕 *n.* 祖先

☐ **angle**〔'æŋgḷ〕 *n.* 角度

☐ **anniversary** 〔͵ænə'vɝsərɪ〕 *n.* 週年紀念
The couple celebrated their wedding
*anniversary* with a trip abroad.

☐ **announce** 〔ə'naʊns〕 *v.* 宣佈
Mr. Lin's secretary *announced* the arrival
of his guests.

| an + nounce |
| --- |
|   │        │ |
| *to + report* ( 大聲報告出來 ) |

☐ **annoy** 〔ə'nɔɪ〕 *v.* 使心煩；騷擾
My sister always *annoys* me when I am
on the phone.

☐ **annual** 〔'ænjʊəl〕 *adj.* 一年一度的

☐ **anxiety** 〔æŋ'zaɪətɪ〕 *n.* 焦慮
The dentist tried to relieve his patient's
*anxiety* by telling him his teeth were in
good shape.

☐ **anyhow**〔'ɛnɪ,haʊ〕 *adv.* 以任何方法

The fans got tickets for the concert *anyhow* they could.

☐ **anytime**〔'ɛnɪ,taɪm〕 *adv.* 在任何時候

You are welcome to visit us *anytime*.

☐ **anyway**〔'ɛnɪ,we〕 *adv.* 無論如何;還是

It was a cloudy day but they went to the beach *anyway*.

☐ **apart**〔ə'pɑrt〕 *adv.* 分開地

My sister and I live twenty miles *apart*.

☐ **ape**〔ep〕 *n.* 猿

☐ **apology**〔ə'pɑlədʒɪ〕 *n.* 道歉

The driver of the car made a sincere *apology* for hitting my bike.

□ **apparent** ( ə'pærənt ) *adj.* 明顯的

It is *apparent* from your test score that
you did not study last night.

【 apparent = ap + parent 】

□ **appeal** ( ə'pil ) *v.* 吸引；懇求

The students *appealed* for an extension
on their homework assignment.

□ **appearance** ( ə'pɪrəns ) *n.* 外表

My father was not satisfied with my
*appearance* and told me to get a haircut.

□ **appetite** ( 'æpə,taɪt ) *n.* 食慾

James has no *appetite* for spicy food.

□ **appliance** ( ə'plaɪəns ) *n.* 家電用品

This washing machine was the first
*appliance* we bought after we got
married.

□ **application**〔͵æplə'keʃən〕*n.* 申請；應用

Please fill out this *application* form
before your interview.

□ **apply**〔ə'plaɪ〕*v.* 申請；應用

Timothy *applied* for admission to
several universities.

□ **appointment**〔ə'pɔɪntmənt〕*n.* 約會

I'm sorry I can't have lunch with you;
I have a prior *appointment*.

□ **appreciation**〔ə͵priʃɪ'eʃən〕*n.* 感激

Mrs. Jones expressed her *appreciation*
to the boy who found her lost dog.

□ **approach**〔ə'protʃ〕*v.* 接近

Our dog always barks when strangers
*approach* the house.

□ **appropriate** ﹝ ə'proprɪɪt ﹞ *adj.* 適當的
Your clothes are not *appropriate* for a
formal dinner.

□ **approve** ﹝ ə'pruv ﹞ *v.* 贊成
To my surprise, my father *approved* of my
plan to study abroad.

□ **apron** ﹝'eprən ﹞ *n.* 圍裙

□ **aquarium** ﹝ ə'kwɛrɪəm ﹞ *n.* 水族館

□ **arch** ﹝ ɑrtʃ ﹞ *n.* 拱門

□ **architecture** ﹝'ɑrkə,tɛktʃə ﹞ *n.* 建築學

□ **argument** ﹝'ɑrgjəmənt ﹞ *n.* 爭論
We had an *argument* about the household
chores.

□ **arise** ﹝ ə'raɪz ﹞ *v.* 發生
Hopefully no problems will *arise* from
the lack of medical supplies.

□ **arithmetic** 〔 ə'rɪθmə,tɪk 〕 *n.* 算術；計算

I believe this number is incorrect. Please check your *arithmetic*.

□ **arms** 〔 ɑrmz 〕 *n.pl.* 武器

The government supplies its soldiers with *arms*.

□ **arouse** 〔 ə'raʊz 〕 *v.* 激起；喚起

My curiosity was *aroused* by the strange noise.

□ **arrangement** 〔 ə'rendʒmənt 〕 *n.* 安排；排列；約定

I reached an *arrangement* with my mother regarding the use of the family car.

□ **arrest** 〔 ə'rɛst 〕 *v.* 逮捕

He was *arrested* for posession of illegal drugs.

☐ **arrival** 〔ə'raɪvl̩〕 *n.* 到達

What is the estimated *arrival* time of this flight?

☐ **arrow** 〔'æro〕 *n.* 箭

☐ **article** 〔'artɪkl̩〕 *n.* 文章；物品；一件

Jeans are a useful *article* of clothing.

☐ **artificial** 〔ˌartə'fɪʃəl〕 *adj.* 人造的；人工的

This drink has few calories because it contains an *artificial* sweetener.

【字尾是 ial，重音在倒數第二音節上】

☐ **artistic** 〔ar'tɪstɪk〕 *adj.* 藝術的；精巧的

Your flower arrangement looks very *artistic*.

☐ **ash** 〔æʃ〕 *n.* 灰

They poured water on the *ashes* of the fire.

□ **ashamed** 〔 əˈʃemd 〕 *adj.* 感到慚愧的

Billy was *ashamed* of his bad behavior.

□ **aside** 〔 əˈsaɪd 〕 *adv.* 在旁邊

Put your book *aside* and go out and play.

□ **aspect** 〔ˈæspɛkt 〕 *n.* 方面

□ **aspirin** 〔ˈæspərɪn 〕 *n.* 阿斯匹靈

□ **assemble** 〔 əˈsɛmbḷ 〕 *v.* 聚集；裝配

The band will *assemble* in the gym.

□ **assign** 〔 əˈsaɪn 〕 *v.* 指派

Our class leader *assigned* each of us

a task.

| as + sign |
| :---: |
|    │     │ |
| *to* + 簽名（簽名給誰，即「指派」） |

【 sign-assign-consign 這三個字要一起背 】

□ **assist** 〔 əˈsɪst 〕 *v.* 幫助

My mother asked me to *assist* her with

the housework.

□ **associate** 〔 ə'soʃɪ,et 〕 *v.* 聯想

I always *associate* Christmas with Santa Claus.

【*associate* A *with* B 把 A 和 B 聯想在一起】

□ **assure** 〔 ə'ʃur 〕 *v.* 向～保證

The doctor *assured* me that my aunt would recover.

```
as + sure
 |     |
to + 確定
```

□ **astronaut** 〔'æstrə,nɔt 〕 *n.* 太空人

□ **athletic** 〔 æθ'lɛtɪk 〕 *adj.* 似運動選手的； 強壯靈活的

Terry is so *athletic* that she can beat any other runner in our school.

□ **ATM** *n.* 自動提款機

□ **atmosphere** 〔'ætməs,fɪr 〕 *n.* 大氣層； 氣氛

The satellite will burn up when it reenters the earth's *atmosphere*.

☐ **atomic** 〔ə'tɑmɪk〕*adj.* 原子的

The idea of *atomic* power frightens some people.

☐ **attach** 〔ə'tætʃ〕*v.* 貼上;附上

The passenger *attached* a luggage tag to his suitcase. 【*attach* A *to* B 把 A 貼在 B 上】

> attach 〔ə'tætʃ〕*v.* 貼上
> attack 〔ə'tæk〕*v.* 攻擊

☐ **attempt** 〔ə'tɛmpt〕*n. v.* 嘗試

The climbers made several *attempts* to reach the top of the mountain.

【tempt-attempt-contempt 這三個字要一起背,你唸唸看,很順】

☐ **attend** 〔ə'tɛnd〕*v.* 上(學);參加

You are required to *attend* every class.

☐ **attitude** 〔'ætə,tjud〕*n.* 態度

Danny always has a positive *attitude*.

【字尾是 tude,重音在倒數第三音節上】

□ **attraction** 〔ə'trækʃən〕*n.* 吸引人的事物

White beaches are one of the *attractions* of the island.

□ **audience** 〔'ɔdɪəns〕*n.* 觀眾

□ **audio** 〔'ɔdɪ,o〕*adj.* 聽覺的   *n.* 音響機器

There is something wrong with the *audio* on my DVD player.

□ **author** 〔'ɔθɚ〕*n.* 作者

□ **authority** 〔ə'θɔrətɪ〕*n.* 權力；權威

I'm sorry, but I don't have the *authority* to grant your request.

□ **auto** 〔'ɔto〕*n.* 汽車 ( = *automobile* )

□ **autobiography** 〔,ɔtəbaɪ'ɑgrəfɪ〕*n.* 自傳

□ **automatic** 〔,ɔtə'mætɪk〕*adj.* 自動的

Does the apartment have an *automatic* dishwasher?

□ **auxiliary**〔ɔg'zɪljərɪ〕*n.* 助動詞；輔助機構

This is an *auxiliary* of the library. The main branch is in Conners Hall.

□ **avenue**〔'ævə,nju〕*n.* 大道；途徑

The restaurant is located on First *Avenue*.

□ **average**〔'ævərɪdʒ〕*adj.* 平均的；一般的
*n.* 平均（數）

□ **await**〔ə'wet〕*v.* 等待

You may *await* your visitors in the Arrival Hall.

□ **awake**〔ə'wek〕*v.* 醒來

Larry *awoke* from his nap when the phone rang.

□ **award**〔ə'wɔrd〕*v.* 頒發 *n.* 獎

The judges *awarded* the first prize to Peggy.

☐ **aware** 〔ə'wɛr〕*adj.* 知道的；察覺到的

I was not *aware* that you were ill.

☐ **awful** 〔'ɔfḷ〕*adj.* 可怕的

【1 + awful = lawful（合法的）】

☐ **awkward** 〔'ɔkwəd〕*adj.* 笨拙的

Tom is an *awkward* dancer but a good
singer.

# B b

☐ **baby-sit** 〔'bebɪˌsɪt〕*v.* 當臨時褓姆

I asked Melissa to *baby-sit* the children
while we go out to dinner.

☐ **background** 〔'bækˌɡraʊnd〕*n.* 背景

☐ **backpack** 〔'bækˌpæk〕*n.* 背包 *v.* 背著背
包徒步旅行

☐ **bacon** 〔'bekən〕*n.* 培根

☐ **bacteria** 〔 bæk'tɪrɪə 〕 *n. pl.* 細菌

A doctor must wash his hands carefully to get rid of *bacteria*.

☐ **baggage** 〔 'bægɪdʒ 〕 *n.* 行李

☐ **bait** 〔 bet 〕 *n.* 餌 *v.* 在～裝餌

The fisherman *baited* his hook with a worm.

☐ **balance** 〔 'bæləns 〕 *n.* 平衡

The acrobat lost his *balance* and fell off the tightrope.

☐ **bald** 〔 bɔld 〕 *adj.* 禿頭的

The driver was a tall, *bald* man.

☐ **ballet** 〔 bæ'le 〕 *n.* 芭蕾舞

☐ **bamboo** 〔 bæm'bu 〕 *n.* 竹子

☐ **bandage** 〔 'bændɪdʒ 〕 *n.* 繃帶

□ **bankrupt** (ˈbæŋkrʌpt ) *adj.* 破產的

The man claimed he could not pay his
bills because he was *bankrupt*.

□ **bar** ( bɑr ) *n.* 酒吧;條狀物;金屬條

You can hang your jacket on the *bar* in
the closet.

□ **bare** ( bɛr ) *adj.* 赤裸的;光禿的;無遮蓋的

The storm covered the *bare* ground
with three inches of snow.

□ **barely** (ˈbɛrlɪ ) *adv.* 幾乎不

Debbie is so tired that she can *barely*
keep her eyes open.

□ **bargain** (ˈbɑrgɪn ) *n.* 便宜貨  *v.* 討價還價

It's necessary to *bargain* if you want to
get a good price.

□ **barn** ( bɑrn ) *n.* 穀倉

□ **barrel** (ˈbærəl) *n.* 大桶

Oil is sold by the *barrel*.

□ **barrier** (ˈbærɪɚ) *n.* 障礙（物）

The fallen tree was an impossible *barrier* to get around.

□ **basin** (ˈbesn̩) *n.* 臉盆；盆地

□ **basis** (ˈbesɪs) *n.* 基礎

□ **battery** (ˈbætərɪ) *n.* 電池

□ **battle** (ˈbætl̩) *n.* 戰役

□ **bay** ( be ) *n.* 海灣

Several sailboats are moored in the *bay*.

□ **bead** ( bid ) *n.* 有孔的小珠

Barbara wore a black *bead* necklace at the party.

□ **beak**〔 bik 〕 *n.* 鳥嘴

The parrot picked up a sunflower seed with its *beak*.

□ **beam**〔 bim 〕 *n.* 光束

The guard shined a *beam* of light on the car.

□ **bean curd** *n.* 豆腐

□ **beast**〔 bist 〕 *n.* 野獸

We are not sure what kind of *beast* killed the goat, but it may have been a wolf.

□ **beetle**〔'bitḷ 〕 *n.* 甲蟲

□ **beg**〔 bɛg 〕 *v.* 乞求

Timmy *begged* his mother to let him watch the movie.

□ **beggar**〔'bɛgɚ 〕 *n.* 乞丐

□ **behavior**〔 bɪ'hevjɚ 〕 *n.* 行為

☐ **being** 〔'biɪŋ〕 *n.* 存在

Scientists believe that they will one day be able to bring a human clone into *being*.

☐ **belief** 〔bɪ'lif〕 *n.* 信仰

Due to his strong *belief* in the church, Peter decided to become a priest.

☐ **belly** 〔'bɛlɪ〕 *n.* 肚子

☐ **bend** 〔bɛnd〕 *v.* 彎曲

☐ **beneath** 〔bɪ'niθ〕 *prep.* 在…之下
There are still many mysteries *beneath* the sea.

☐ **benefit** 〔'bɛnəfɪt〕 *n.* 利益；好處 *v.* 獲益
A quiet environment is one of the *benefits* of living in the country.

```
bene + fit
 |      |
good + do (做好事即能「獲益」)
```

□ **berry** ('bɛrɪ ) *n.* 漿果

The hikers found some *berries* in the
woods and decided to pick them.

□ **bet** ( bɛt ) *v.* 打賭

My father likes to *bet* on the horse races.

□ **bias** ('baɪəs ) *n.* 偏見

The defendant complained that the judge
had a *bias* against him.

□ **Bible** ('baɪbl̩ ) *n.* 聖經

□ **billion** ('bɪljən ) *n.* 十億

□ **bind** ( baɪnd ) *v.* 綁

The package was *bound* with a string.

□ **bingo** ('bɪŋgo ) *n.* 賓果遊戲

My grandmother was very excited when
she won the *bingo* game.

☐ **biography** ﹝ baɪˈɑgrəfɪ ﹞ *n.* 傳記

If you want to know more about Picasso, you can read this *biography* of him.

☐ **birdie** ﹝ˈbɝdɪ﹞ *n.* 羽毛球

Theresa missed the *birdie* and lost the badminton game.

☐ **biscuit** ﹝ˈbɪskɪt﹞ *n.* 餅乾

Don't eat too many *biscuits* before dinner!

☐ **bit** ﹝ bɪt ﹞ *n.* 一點點

Just give me a *bit* of that soup. I'm not very hungry.

☐ **bleed** ﹝ blid ﹞ *v.* 流血

After Gina fell on the sidewalk, her knee was *bleeding*.

□ **blend** 〔 blɛnd 〕 *v.* 混合

First *blend* the butter and sugar and
then add the flour.

□ **blessing** 〔 'blɛsɪŋ 〕 *n.* 幸福；恩惠

This rain is a *blessing*; we no longer
have to worry about a drought.

□ **blink** 〔 blɪŋk 〕 *v.* 眨（眼）

The moviegoers *blinked* their eyes in
the bright light as they left the theater.

□ **bloc** 〔 blɑk 〕 *n.* 集團

The government was unable to pass the
law because the manufacturing *bloc*
opposed it.

□ **bloody** 〔 'blʌdɪ 〕 *adj.* 血腥的

It was a *bloody* fight in which many
were wounded.

□ **bloom** 〔 blum 〕 v. 開花

This shrub usually *blooms* in May.

□ **blossom** 〔'blɑsəm 〕 n. 花

The room was decorated with beautiful pink *blossoms*.

□ **blush** 〔 blʌʃ 〕 v. 臉紅    n. 腮紅

The girls applied *blush* and lipstick to their faces.

□ **board** 〔 bord 〕 n. 木板    v. 上 ( 車、船、飛機 )

The tree was sawn into *boards*.

□ **boast** 〔 bost 〕 v. 自誇；以擁有…自豪

Michael *boasted* of his great performance in the game.

□ **bold** 〔 bold 〕 adj. 大膽的

The firemen made a *bold* attempt to save the child.

☐ **bond** 〔 bɑnd 〕 *n.* 連結；束縛；鐐銬

The prisoner tried in vain to loosen his *bonds*.

☐ **bony** 〔'bonɪ 〕 *adj.* 骨瘦如柴的；(魚) 多刺的

The fish has a nice taste but it is too *bony* for me.

☐ **boot** 〔 but 〕 *n.* 靴子

☐ **border** 〔'bɔrdɚ 〕 *n.* 邊界

The southern *border* of the ranch is formed by a river.

☐ **bore** 〔 bor 〕 *v.* 使無聊；鑽 ( 洞 )

The workers will have to *bore* a hole through the mountain in order to complete the road.

☐ **bounce** 〔 baʊns 〕 *v.* 反彈

The ball *bounced* off the wall.

□ **bracelet** (ˈbreslɪt) *n.* 手鐲

□ **brain** ( bren ) *n.* 頭腦
There is great risk involved in *brain* surgery.

□ **brake** ( brek ) *n.* 煞車
The *brakes* on this car must be repaired before it is safe to drive.

□ **brand** ( brænd ) *n.* 品牌
Julie is willing to pay more for a good *brand* of shampoo.

□ **brass** ( bræs ) *n.* 黃銅

□ **brassiere** ( brəˈzɪr , ˌbræsɪˈɛr ) *n.* 胸罩
( = *bra* )
There are many *brassieres* on sale in the lingerie department.

□ **bravery** (ˈbrevərɪ) *n.* 勇敢
The soldier was praised for his *bravery*.

☐ **breast** 〔 brɛst 〕 *n.* 胸部

The *breast* of his uniform is decorated with medals.

☐ **breath** 〔 brɛθ 〕 *n.* 呼吸

Take a deep *breath* and count to ten, and then you will feel calmer.

☐ **breed** 〔 brid 〕 *v.* 繁殖；養育

The zookeepers tried in vain to *breed* the pandas.

☐ **breeze** 〔 briz 〕 *n.* 微風

It is pleasant to sit outside in the *breeze*.

☐ **bride** 〔 braɪd 〕 *n.* 新娘

☐ **bridegroom** 〔'braɪd,grum 〕 *n.* 新郎

The *bridegroom* stood waiting at the altar.

☐ **brief** 〔 brif 〕 *adj.* 簡短的；短暫的

Although our stay in the mountains was *brief*, we really enjoyed ourselves.

□ **brilliant** 〔'brɪljənt 〕 *adj.* 燦爛的

Sunglasses will protect your eyes from the *brilliant* light of the sun.

□ **broke** 〔 brok 〕 *adj.* 沒錢的

Ted spent all his money on that stereo. Now he's *broke* until payday.

□ **brook** 〔 bruk 〕 *n.* 小溪

The horse stopped to drink from the *brook*.

□ **broom** 〔 brum 〕 *n.* 掃帚

Do you believe that witches can fly on *brooms*?

□ **brow** 〔 braʊ 〕 *n.* 眉毛

□ **browse** 〔 braʊz 〕 *v.* 瀏覽

I *browsed* in the bookstore, but I didn't see anything I wanted to buy.

☐ **brutal** 〔'brut!〕 *adj.* 殘忍的

The people cheered when the *brutal* dictator was overthrown.

☐ **bubble** 〔'bʌb!〕 *n.* 泡泡

Soap *bubbles* filled the sink.

☐ **bud** 〔bʌd〕 *n.* 芽

There are *buds* on the trees in early spring.

☐ **budget** 〔'bʌdʒɪt〕 *n.* 預算

It is hard for Pat to live within his *budget* because he can't resist using his credit card.

☐ **buffalo** 〔'bʌf!,o〕 *n.* 水牛

☐ **bulb** 〔bʌlb〕 *n.* 燈泡；球根

This *bulb* should produce a beautiful tulip in the spring.

□ **bull** 〔 bʊl 〕 *n.* 公牛

□ **bullet** 〔'bʊlɪt 〕 *n.* 子彈
The bank robber fired three *bullets*.

□ **bulletin** 〔'bʊlətɪn 〕 *n.* 佈告；新聞快報
The weather bureau issued a *bulletin* warning of an approaching typhoon.

□ **bump** 〔 bʌmp 〕 *v.* 撞上
The waiter *bumped* into the table, knocking over a glass of wine.

□ **bunch** 〔 bʌntʃ 〕 *n.* （花）束；（水果）串
This *bunch* of bananas looks ripe.

□ **burden** 〔'bɝdn̩ 〕 *n.* 負擔
The porter struggled under the *burden* of three heavy suitcases.

□ **bureau** 〔'bjʊro 〕 *n.* 局
This map is published by the Tourist *Bureau*.

□ **burglar** (ˈbɝglɚ ) *n.* 竊賊

The *burglar* was caught because he set of a silent alarm.

□ **bury** (ˈbɛrɪ ) *v.* 埋

I wish the dog wouldn't *bury* bones in the yard.

□ **bush** ( buʃ ) *n.* 灌木叢

□ **buzz** ( bʌz ) *v.* 發出嗡嗡聲

There was a wasp *buzzing* around me in the garden.

# C c

□ **cabin** (ˈkæbɪn ) *n.* 小木屋

The hunter lived in a *cabin* in the woods.

□ **cabinet** (ˈkæbənɪt ) *n.* 碗櫥

□ **cafe** ( kəˈfe ) *n.* 咖啡廳 ( = *café* )

□ **calculate** (ˈkælkjəˌlet) v. 計算

When you *calculate* the time it takes to cook a meal, eating out doesn't seem so expensive.

【字尾是 ate，重音在倒數第三音節上】

□ **camel** (ˈkæml̩) n. 駱駝

【camel = came + l】

□ **campaign** ( kæmˈpen ) n. ( 競選 ) 活動

The candidates were criticized for running mean-spirited *campaigns*.

□ **candidate** (ˈkændəˌdet) n. 候選人

The former senator declared that he was a *candidate* for president.

□ **cane** ( ken ) n. 籐條;手杖

Furniture made out of *cane* is very light.

□ **canoe**〔kə'nu〕*n.* 獨木舟

Fifty miles is a long way to paddle a *canoe*.

□ **canyon**〔'kænjən〕*n.* 峽谷

□ **capable**〔'kepəbḷ〕*adj.* 能夠的

Ben is *capable* of running a twenty-mile marathon.

□ **capacity**〔kə'pæsətɪ〕*n.* 能力

Grace has the *capacity* to be an outstanding student.

□ **cape**〔kep〕*n.* 披風

Sherlock Holmes was easily recognized by his *cape* and pipe.

□ **capital**〔'kæpətḷ〕*n.* 首都；資本

Johnson invested all of his *capital* in the business, hoping to make an even greater fortune.

□ **capture** ('kæptʃɚ) *v.* 捕捉

The smugglers were *captured* at the airport.

□ **career** ( kə'rɪr ) *n.* 職業;生涯

Many college students do not have a clear *career* plan.

□ **cargo** ('kɑrgo ) *n.* 貨物

The ship was carrying a *cargo* of steel.

□ **carpenter** ('kɑrpəntɚ ) *n.* 木匠

□ **carriage** ('kærɪdʒ ) *n.* 四輪馬車

Four horses pulled the *carriage*.

□ **cart** ( kɑrt ) *n.* (牛、馬拉的)二輪貨車

The farmers carried their vegetables to market in a *cart*.

□ **carve** ( kɑrv ) *v.* 雕刻

Who is going to *carve* the roast?

□ **cast**〔kæst〕*v.* 投擲

We *cast* bread into the water to attract fish.

□ **casual**〔'kæʒuəl〕*adj.* 非正式的

It's a *casual* party, so jeans and a T-shirt will be fine.

□ **catalogue**〔'kætḷˌɔg〕*n.* 目錄

If something is not available in our store, you can order it from the *catalogue*.

□ **caterpillar**〔'kætəˌpɪlə〕*n.* 毛毛蟲

The *caterpillar* will eventually turn into a beautiful butterfly.

□ **cattle**〔'kætḷ〕*n.* 牛

□ **cave**〔kev〕*n.* 洞穴

This *cave* is so large that it has not been fully explored yet.

☐ **CD** *n.* 雷射唱片（= *compact disk*）

☐ **cease**〔sis〕*v.* 停止

The colonel ordered the men to *cease* firing.

☐ **celebration**〔‚sɛlə'breʃən〕*n.* 慶祝活動

We had a big *celebration* after we graduated.

☐ **cell**〔sɛl〕*n.* 細胞；牢房

The prisoner has been confined to his *cell* all day.

☐ **cement**〔sə'mɛnt〕*n.* 水泥

The *cement* wall was cracked by the earthquake.

☐ **ceremony**〔'sɛrə‚monɪ〕*n.* 典禮

A funeral is a solemn *ceremony*.

☐ **chain** ﹝ tʃen ﹞ *n.* 鏈子

Terry put the dog on a *chain* in the backyard.

☐ **challenge** ﹝'tʃælɪndʒ﹞ *n.* 挑戰

The swimming test was a big *challenge* for me, but I passed it in the end.

☐ **chamber** ﹝'tʃembɚ﹞ *n.* 房間

The maid showed me to a *chamber* on the second floor.

☐ **champion** ﹝'tʃæmpɪən﹞ *n.* 冠軍

After winning the final game, Marty was declared the tennis *champion*.

☐ **changeable** ﹝'tʃendʒəbḷ﹞ *adj.* 易變的

The weather is so *changeable* in spring that it is difficult to make outdoor plans.

☐ **characteristic** 〔ˌkærɪktə'rɪstɪk 〕 *n.* 特性

Ellen's diligence is the *characteristic* that helps her the most.

☐ **charity** 〔'tʃærətɪ 〕 *n.* 慈善；施捨

The poor man asked the church for *charity*.

☐ **charm** 〔 tʃɑrm 〕 *n.* 魅力

The house is small but of great *charm*.

☐ **chat** 〔 tʃæt 〕 *v.* 聊天

☐ **cheek** 〔 tʃik 〕 *n.* 臉頰

He was a tall, dark man with a scar on his right *cheek*.

☐ **cheerful** 〔'tʃɪrfəl 〕 *adj.* 愉快的

Miranda always appears *cheerful* no matter what happens.

【 cheer + ful = cheerful 】

□ **chemical** (ˈkɛmɪkl̩) *n.* 化學物質
*adj.* 化學的

□ **cherish** (ˈtʃɛrɪʃ) *v.* 珍惜
You should *cherish* your family above
all else. 〔cherish = adore = treasure〕

□ **cherry** (ˈtʃɛrɪ) *n.* 櫻桃

□ **chest** (tʃɛst) *n.* 胸腔；衣櫃
There are some extra blankets in the *chest*.

□ **chew** (tʃu) *v.* 嚼
Please don't *chew* gum in class.

□ **chick** (tʃɪk) *n.* 小雞
The hungry *chicks* called loudly for
their mother.

□ **chief** (tʃif) *adj.* 主要的 *n.* 局（部、課、
所）長
The *chief* of police was commended for
lowering the crime rate.

□ **chilly** (ˈtʃɪlɪ) *adj.* 寒冷的

Due to the *chilly* weather, they decided to stay inside.

□ **chimney** (ˈtʃɪmnɪ) *n.* 煙囪

People say that Santa Claus enters a house through the *chimney*.

□ **chip** ( tʃɪp ) *n.* 薄片；晶片；碎片

I tried to glue the broken vase back together, but there are a few *chips* of glass left over.

□ **chirp** ( tʃɜp ) *v.* 發出啁啾聲

Birds *chirp* outside my window from dawn until dusk.

□ **choke** ( tʃok ) *v.* 使窒息；噎到

Ted *choked* on a piece of popcorn.

☐ **chop** 〔 tʃɑp 〕 *v.* 砍

We'll have to *chop* some wood if we want to build a fire.

☐ **chore** 〔 tʃor 〕 *n.* 雜事

Washing the dishes is one of my daily *chores*.

☐ **chorus** 〔'korəs 〕 *n.* 合唱團；副歌

I don't know all the words to the song, but I know the *chorus*.

☐ **cigarette** 〔'sɪgə,rɛt 〕 *n.* 香煙

☐ **cinema** 〔'sɪnəmə 〕 *n.* 電影；電影院

☐ **circular** 〔'sɝkjələ 〕 *adj.* 圓形的

The chairs were arranged in a *circular* fashion.

☐ **circulate** 〔'sɝkjə,let 〕 *v.* 循環

Your blood *circulates* through hundreds of vessels.

☐ **circumstance** ('sɝkəm,stæns ) *n.* 情況；
事情

Your place of birth is a *circumstance*
that you cannot change.

☐ **circus** ('sɝkəs ) *n.* 馬戲團

☐ **citizen** ('sɪtəzn̩ ) *n.* 公民

As a *citizen*, you have a responsibility
to vote in the election.

☐ **civilization** (,sɪvl̩aɪ'zeʃən ) *n.* 文明
Archeologists have been studying the
ancient *civilization*.

☐ **claim** ( klem ) *v.* 宣稱；認領
You can *claim* your luggage on carousel
number two.

☐ **clash** ( klæʃ ) *v.* 衝突；相撞
We could not come to an agreement
because our views on money *clash*.

□ **classic** 〔'klæsɪk 〕 *adj.* 經典的；典型的

The Parthenon is a *classic* example of ancient Greek architecture.

□ **classify** 〔'klæsə,faɪ 〕 *v.* 分類

One of the exam questions asked us to *classify* a number of different chemicals.

□ **claw** 〔 klɔ 〕 *n.* 爪

The eagle grasped its prey in its *claw*.

□ **clay** 〔 kle 〕 *n.* 黏土

□ **click** 〔 klɪk 〕 *n.* 喀嗒聲

When you hear the door *click* you will know it is locked.

□ **client** 〔'klaɪənt 〕 *n.* 客戶

The salesman had an important meeting with his *client*.

□ **cliff** 〔 klɪf 〕 *n.* 懸崖

□ **climax** ('klaɪmæks ) *n.* 高潮

Eileen closed her eyes in fear at the *climax* of the horror movie.

□ **clinic** ('klɪnɪk ) *n.* 診所

Barry went to an eye *clinic* to have his eyes checked.

□ **clip** ( klɪp ) *v.* 剪下

Greg *clipped* the discount coupon out of the paper and took it to the store.

□ **clown** ( klaʊn ) *n.* 小丑

□ **clue** ( klu ) *n.* 線索

Don't tell me the answer; just give me a *clue*.

□ **clumsy** ('klʌmzɪ ) *adj.* 笨拙的

Diane gave up ballet when the teacher said she was a *clumsy* dancer.

☐ **coal** 〔 kol 〕 *n.* 煤

☐ **coarse** 〔 kors 〕 *adj.* 粗糙的

The *coarse* material scratched the baby's face.

☐ **cock** 〔 kɑk 〕 *n.* 公雞

☐ **cocktail** 〔 'kɑk͵tel 〕 *n.* 雞尾酒

☐ **coconut** 〔 'kokənət 〕 *n.* 椰子

☐ **code** 〔 kod 〕 *n.* 密碼

We could not understand the message because it was written in *code*.

☐ **collapse** 〔 kə'læps 〕 *v.* 倒塌

The building *collapsed* after the earthquake.

☐ **collar** 〔 'kɑlɚ 〕 *n.* 衣領；領子；項圈

☐ **collection** 〔 kə'lɛkʃən 〕 *n.* 收集

My aunt has a *collection* of coins from around the world.

☐ **colony** 〔'kalənɪ 〕 *n.* 殖民地;僑民區

The emigrants established a *colony* on the shore of the lake.

☐ **column** 〔'kaləm 〕 *n.* 圓柱;專欄

☐ **columnist** 〔'kaləmnɪst 〕 *n.* 專欄作家

☐ **combine** 〔 kəm'baɪn 〕 *v.* 結合;合併

The two classes will be *combined* for PE.

☐ **comedy** 〔'kamədɪ 〕 *n.* 喜劇

Would you like to see a *comedy* or a horror movie?

☐ **comfort** 〔'kʌmfɚt 〕 *n.* 舒適

A pillow is provided for the passengers' *comfort*.

□ **comma** ('kɑmə) *n.* 逗點

□ **commander** (kə'mændə) *n.* 指揮官

The soldiers followed the orders of their
*commander* without question.

□ **commercial** (kə'mɜʃəl) *adj.* 商業的
*n.* 商業廣告

The small shop was able to expand its
business when it obtained a *commercial*
loan from the bank.

□ **commit** (kə'mɪt) *v.* 犯(罪);委託

The defendant swore that he had not
*committed* the murder.

```
com    + mit「犯(罪);委託」
  |        |
together + go（帶了一起走，表「委託」;
             見財起意，就會「犯罪」）
```

□ **committee** (kə'mɪtɪ) *n.* 委員會

□ **communication** 〔 kə,mjunə'keʃən 〕
*n.* 溝通

There was no *communication* of ideas
between the two groups.

□ **community** 〔 kə'mjunətɪ 〕 *n.* 社區

There is a *community* of Bosnian
immigrants in our city.

【字尾是 ity，重音在 ity 的前一個音節上】

□ **companion** 〔 kəm'pænjən 〕 *n.* 同伴；
夥伴

Dr. Watson was the faithful *companion*
of Sherlock Holmes.

□ **comparison** 〔 kəm'pærəsn̩ 〕 *n.* 比較

The parents do not like to make
*comparisons* between their children.

□ **compete** 〔 kəm'pit 〕 *v.* 競爭

If we win this game, we will have the chance to *compete* against last year's champions.

□ **complaint** 〔 kəm'plent 〕 *n.* 抱怨

Several passengers made a *complaint* when the flight was cancelled.

【動詞是 complain 】

□ **complex** 〔 kəm'plɛks 〕 *adj.* 複雜的

The science experiment was so *complex* that I didn't understand it.

□ **complicate** 〔 'kamplə,ket 〕 *v.* 使複雜

Please don't *complicate* the arrangements by making changes now.

□ **compliment** 〔 'kamplə,mɛnt 〕 *v.* 稱讚

I'd like to *compliment* you on your wonderful performance.

□ **compose** 〔kəmˈpoz〕 v. 組成;作曲

The band is *composed* of both boys and girls.【*be compose of* 由～組成】

```
com    + pose
 |        |
together + put ( 全部放在一起 )
```

□ **composition** 〔ˌkɑmpəˈzɪʃən〕 n. 作文

We were asked to write a short *composition* on environmental protection.

□ **compute** 〔kəmˈpjut〕 v. 計算

We have yet to *compute* the total cost of producing this product.

□ **concentrate** 〔ˈkɑnsṇˌtret〕 v. 專心

Cathy was so hungry that she found it difficult to *concentrate* on her book.
【concentrate on「專心於」常考】

☐ **concept** ('kɑnsεpt ) *n.* 觀念

Your *concept* of time is completely different from mine.

【注意這個字的發音，重音在第一個音節】

☐ **concerning** ( kən'sɜnɪŋ ) *prep.* 關於

*Concerning* your application, it is important that you turn it in on time.

☐ **conclude** ( kən'klud ) *v.* 下結論

I would like to *conclude* by saying that you've been a terrific audience.

| con + clude |
|:---:|
| \|     \| |
| *all* + *close* |

☐ **concrete** ( kɑn'krit ) *adj.* 具體的

☐ **condition** ( kən'dɪʃən ) *n.* 狀況

I would never buy a car in such poor *condition*.

□ **conductor** 〔 kən'dʌktɚ 〕 n. 列車長；
指揮者

The *conductor* will come along soon to
check our tickets.

□ **cone** 〔 kon 〕 n. 圓錐體

□ **conference** 〔'kɑnfərəns 〕 n. 會議
Billy's teacher asked his parents to
come in for a *conference*.

□ **confess** 〔 kən'fɛs 〕 v. 承認
To our surprise, he *confessed* to the crime.

□ **confidence** 〔'kɑnfədəns 〕 n. 信心
I have complete *confidence* in your
ability to do it.

□ **confine** 〔 kən'faɪn 〕 v. 限制
Susan is *confined* to bed until she
recovers. 【confine = restrict = limit 】

□ **confirm** 〔 kən'fɜm 〕 *v.* 證實;確認
It has been said that the band will arrive
tonight, but we have been unable to
*confirm* that.

□ **conflict** 〔'kɑnflɪkt 〕 *n.* 衝突
The *conflict* in the Middle East is still
going on.

□ **confrontation** 〔,kɑnfrʌn'teʃən 〕 *n.* 對立
There was a *confrontation* between the
two teams when one was accused of
cheating.

□ **confusion** 〔 kən'fjuʒən 〕 *n.* 困惑;混亂
There was a lot of *confusion* in the kitchen
and some of the customers were served
the wrong food.

□ **congratulate** 〔 kən'grætʃə,let 〕 *v.* 恭喜
We *congratulated* the couple on their
marriage.

☐ **congress** 〔'kɑŋgrəs 〕 *n.* 代表大會；國會

The United Nations called a *congress* to discuss the war.

☐ **conjunction** 〔 kən'dʒʌŋkʃən 〕 *n.* 連接詞

☐ **connect** 〔 kə'nɛkt 〕 *v.* 連接

To charge the phone, simply *connect* the power cord and plug it in.

☐ **conquer** 〔'kɑŋkɚ 〕 *v.* 征服

The war came to an end when one side was finally *conquered*. 【conquer = defeat 】

☐ **conscience** 〔'kɑnʃəns 〕 *n.* 良心

Cheating on the exam did not bother his *conscience* at all; he has no sense of guilt.

☐ **conscious** 〔'kɑnʃəs 〕 *adj.* 知道的；察覺到的

Mary was not *conscious* of the fact that she had offended her host.

□ **conservative** 〔kən'sɜvətɪv〕 *adj.* 保守的

Sam is such a *conservative* person that he automatically opposes new ideas.

□ **considerable** 〔kən'sɪdərəbḷ〕 *adj.* 相當大的

He made a *considerable* amount of money on the stock market.

□ **consideration** 〔kən,sɪdə'reʃən〕 *n.* 考慮

I will take your suggestion into *consideration*.

□ **consist** 〔kən'sɪst〕 *v.* 由⋯組成

The stew *consists* of meat and a variety of vegetables. 【 *consist of* = *be composed of* 「由~組成」很常考 】

□ **consistent** 〔kən'sɪstənt〕 *adj.* 前後一致的

Your stories are not *consistent*, so one of you must be lying.

□ **consonant** ('kɑnsənənt ) *n.* 子音

□ **constant** ('kɑnstənt ) *adj.* 不斷的
There has been a *constant* rain since
Friday.

□ **constitute** ('kɑnstə,tjut ) *v.* 構成
Twenty girls and fifteen boys *constitute*
the class.

□ **constitution** (,kɑnstə'tjuʃən ) *n.* 憲法

□ **constraint** ( kən'strent ) *n.* 壓迫;束縛
Emily is tired of the *constraints* of high
school and cannot wait to experience a
freer life.

□ **construction** ( kən'strʌkʃən ) *n.* 建造
The latest technology was used in the
*construction* of this building.

□ **consult** 〔 kən'sʌlt 〕 v. 查閱;請教

He found the phone number by *consulting* the telephone directory.

> result 〔 rɪ'zʌlt 〕 v. 導致
> consult 〔 kən'sʌlt 〕 v. 查閱

□ **consume** 〔 kən'sum 〕 v. 消耗;吃(喝)完

No one talked until all the food had been *consumed*.

【consume-presume-assume 要一起背】

> con + sume
>   |     |
> *all* + *take*

□ **contact** 〔'kɑntækt 〕 n. 接觸

Jim broke out in a rash after coming into *contact* with poison ivy.

□ **contain** 〔 kən'ten 〕 v. 包含

This bottle *contains* milk.

> con + tain
>   |    |
> *all* + *keep* (全部留住,即「包含」)

☐ **content** (ˈkɑntɛnt) *n.* 內容
The detective asked me to show him the *contents* of my pockets.

☐ **contest** (ˈkɑntɛst) *n.* 比賽
The battle for the national championship was an exciting *contest*.

☐ **context** (ˈkɑntɛkst) *n.* 上下文；情況
Slang is not appropriate in the *context* of a business letter.

| con + text |
|---|
| \|    \| |
| *all* + 文章 |

☐ **continent** (ˈkɑntənənt) *n.* 洲；大陸
The explorer has traveled to all seven *continents*.

☐ **continuous** (kənˈtɪnjʊəs) *adj.* 連續不斷的
The *continuous* noise of the road construction is very distracting to the residents.

□ **contrary** (ˈkɑntrɛrɪ ) *adj.* 相反的

The two politicians hold *contrary* views on taxes.

□ **contrast** ( kənˈtræst ) *v.* 使對比

The salesman *contrasted* his company's car with those of his competitors in an effort to make a sale.

□ **contribution** (ˌkɑntrəˈbjuʃən ) *n.* 捐贈；貢獻

The millionaire made a large *contribution* to the orphanage.

□ **convention** ( kənˈvɛnʃən ) *n.* 定期會議

The doctors' *convention* was held in Kaohsiung.

□ **converse** ( kənˈvɝs ) *v.* 交談

Jack spent most of his time at the party *conversing* with a beautiful girl.

□ **convey** 〔kən've〕v. 傳達；載運

Passengers will be *conveyed* to their hotel by minibus.

□ **convince** 〔kən'vɪns〕v. 使確信；說服

Danny *convinced* his parents to get a dog by promising to take care of it.

【be convinced = believe「相信」】

□ **cooker** 〔'kʊkɚ〕n. 烹調器具

There is a pot of soup on the *cooker*.

□ **cooperate** 〔ko'ɑpəˌret〕v. 合作

The two classes decided to *cooperate* in planning the school dance.

□ **cope** 〔kop〕v. 應付；處理

Tammy has to *cope* with a full-time job as well as her studies.

□ **copper** 〔'kɑpɚ〕n. 銅

□ **cord** ﹝ kɔrd ﹞ *n.* 細繩

□ **cork** ﹝ kɔrk ﹞ *n.* 軟木塞

The *cork* was difficult to remove from the wine bottle.

□ **correspond** ﹝ ͵kɔrə'spɑnd ﹞ *v.* 通信

I *correspond* with a pen pal in Japan.

□ **costly** ﹝ 'kɔstlɪ ﹞ *adj.* 昂貴的

Buying the wrong software was a *costly* mistake.

□ **costume** ﹝ 'kɑstjum ﹞ *n.* 服裝

Many people dress up in *costumes* to celebrate Halloween.

□ **cottage** ﹝ 'kɑtɪdʒ ﹞ *n.* 農舍

□ **council** ﹝ 'kaʊnsḷ ﹞ *n.* 議會

Henry was excited when he was elected a member of the student *council*.

☐ **countable** 〔'kaʊntəbḷ〕*adj.* 可數的
Her good points are so few as to be
*countable* on one hand.

☐ **counter** 〔'kaʊntɚ〕*n.* 櫃台；台面
Mother chopped the vegetables on the
kitchen *counter*.

☐ **countryside** 〔'kʌntrɪ,saɪd〕*n.* 鄉間
Mrs. Andrews feels isolated living in
the *countryside*.

☐ **county** 〔'kaʊntɪ〕*n.* 縣；郡

☐ **courageous** 〔kə'redʒəs〕*adj.* 勇敢的
It was *courageous* of you to attempt to
put out the fire.

☐ **courteous** 〔'kɝtɪəs〕*adj.* 有禮貌的
The teacher complimented Mr. Brown
on having a *courteous* son.
【court 是「法院」，在法院一定要有禮貌】

□ **coward** 〔'kauəd 〕 *n.* 懦夫
John's friends called him a *coward* when
he refused to jump off the diving board.

□ **cozy** 〔'kozɪ 〕 *adj.* 溫暖而舒適的
The fireplace makes this a *cozy* room.

□ **crack** 〔 kræk 〕 *v.* 破裂
My glasses *cracked* when they fell on
the floor.

□ **cradle** 〔'kredḷ 〕 *n.* 搖籃
The nurse rocked the crying baby in the
*cradle*.

□ **craft** 〔 kræft 〕 *n.* 技藝
Angela's *craft* in making pottery is
outstanding.

□ **cram** 〔 kræm 〕 *v.* 填塞
Bert *crammed* his sleeping bag into the
bag.

□ **crane** 〔 kren 〕 *n.* 起重機；鶴

We watched the *crane* wading in the shallow water.

□ **crash** 〔 kræʃ 〕 *v.* 墜毀；嘩啦一聲地破碎

The plate *crashed* to the floor.

□ **crawl** 〔 krɔl 〕 *v.* 爬

□ **creation** 〔 krɪˈeʃən 〕 *n.* 創造

J.K. Rawling's *creation* of a magical world has brought great fun to millions of readers.

□ **creature** 〔ˈkritʃɚ 〕 *n.* 生物；動物

It is said that there is a strange *creature* in the lake.

□ **credit** 〔ˈkrɛdɪt 〕 *n.* 信用；功勞；稱讚

Mary did most of the work, but Kay received all the *credit*.

□ **creep** 〔 krip 〕 v. 爬行

The baby *crept* across the floor to reach the toy.

□ **crew** 〔 kru 〕 n. 全體船員；全體機組人員

The ship's *crew* were all experienced sailors.

□ **cricket** 〔'krɪkɪt 〕 n. 蟋蟀

□ **criminal** 〔'krɪmənl̩ 〕 n. 罪犯

The *criminal* was released from prison after seven years.

□ **cripple** 〔'krɪpl̩ 〕 n. 跛子

□ **crisis** 〔'kraɪsɪs 〕 n. 危機

The economic *crisis* led to the overthrow of the government.

□ **crispy** 〔'krɪspɪ 〕 adj. 酥脆的

The fried chicken is *crispy* on the outside but juicy on the inside.

□ **criticize** 〔'krɪtə,saɪz 〕 v. 批評
My mother *criticized* my dress, saying
it was too short.

□ **crop** 〔 krɑp 〕 n. 農作物;收穫量
With this new fertilizer you should have
a larger than normal *crop*.

□ **crow** 〔 kro 〕 n. 烏鴉

□ **crown** 〔 kraʊn 〕 n. 皇冠

□ **crunchy** 〔'krʌntʃɪ 〕 adj. 鬆脆的
This café also serves good, *crunchy*
salads.

□ **crush** 〔 krʌʃ 〕 v. 壓扁
The visitors *crushed* several small plants
when they walked through the garden.

□ **crutch** 〔 krʌtʃ 〕 n. 枴杖
The dancer will be on *crutches* until her
ankle heals.

☐ **cub** 〔 kʌb 〕 *n.* 幼獸

A bear will kill in defense of its *cub*.

☐ **cucumber** 〔'kjukʌmbɚ 〕 *n.* 黃瓜

☐ **cue** 〔 kju 〕 *v.* 提示

It is your job to *cue* the dancers when it is time for them to go onstage.

☐ **cultivate** 〔'kʌltəˌvet 〕 *v.* 耕作；培養

My uncle has bought another 100 acres of land and plans to *cultivate* it this spring.

☐ **cultural** 〔'kʌltʃərəl 〕 *adj.* 文化的

☐ **cunning** 〔'kʌnɪŋ 〕 *adj.* 狡猾的

The boys came up with a *cunning* excuse for their tardiness.

☐ **cupboard** 〔'kʌbɚd 〕 *n.* 碗櫥

☐ **curiosity** ( ˌkjʊrɪˈasətɪ ) *n.* 好奇心

The children showed a great deal of
*curiosity* about their visitor, asking
question after question.

☐ **curl** ( kɝl ) *v.* 使捲曲

The girls put rollers in their hair to
*curl* it.

☐ **curse** ( kɝs ) *v.* 詛咒

The angry witch *cursed* the girl in
order to ruin her future.

☐ **cushion** ( ˈkʊʃən ) *n.* 坐墊

We placed *cushions* on the floor and
sat in a circle.

☐ **cycle** ( ˈsaɪkl̩ ) *n.* 循環

Spring follows winter in the *cycle* of
the seasons.

# D d

☐ **daily** (ˈdelɪ) *adj.* 每天的

☐ **dairy** (ˈdɛrɪ) *adj.* 酪農的；乳酪的

☐ **dam** (dæm) *n.* 水壩

☐ **damn** (dæm) *v.* 詛咒
Once he became a drug addict, he was *damned* to a life of misery.

☐ **damp** (dæmp) *adj.* 潮濕的
Sheila wiped the counter with a *damp* cloth.

☐ **dare** (dɛr) *v.* 敢；挑唆
Steve *dared* his brother to dive off the high diving board.

☐ **darling** (ˈdɑrlɪŋ) *n.* 親愛的人

☐ **dash** 〔 dæʃ 〕 *v.* 猛衝；急寫　*n.* 破折號

Suddenly remembering it was his mother's birthday, George *dashed* off a quick note and sent it with a bunch of flowers.

☐ **data** 〔'detə 〕 *n. pl.* 資料

It was tedious to enter all the *data* into the computer, but now we are ready to conduct the analysis.

☐ **deadline** 〔'dɛdˌlaɪn 〕 *n.* 截止日期

The *deadline* for all scholarship applications is May 15.

☐ **debt** 〔 dɛt 〕 *n.* 債務

Will cannot control his spending and now he has a lot of credit card *debt*.

☐ **decade** (ˈdɛked) *n.* 十年

The fifties were a *decade* of great
economic growth.

☐ **deck** ( dɛk ) *n.* 甲板

☐ **declaration** (ˌdɛkləˈreʃən) *n.* 申報

The passengers were asked to make a
*declaration* of what they had bought
overseas.

☐ **decoration** (ˌdɛkəˈreʃən) *n.* 裝飾

Class 302 was responsible for the
*decoration* of the gym.

☐ **deed** ( did ) *n.* 行爲

The bystander who stopped the thief
was praised for his brave *deed*.

□ **defeat** ﹝dɪˋfit﹞ v. 打敗

The other team was simply better, and so they *defeated* us easily.

【de 表示「away」，feat 是「功績」，把別人的功績拿掉，就是「打敗」】

□ **defend** ﹝dɪˋfɛnd﹞ v. 保衛

It is our responsibility to *defend* our country from attack.

□ **define** ﹝dɪˋfaɪn﹞ v. 下定義

How would you *define* your role in the group?

□ **definite** ﹝ˋdɛfənɪt﹞ adj. 明確的

□ **delay** ﹝dɪˋle﹞ v. n. 延遲

Takeoff will be *delayed* until the weather clears.

□ **delicate** ﹝ˋdɛləkət, -kɪt﹞ adj. 精緻的

Grandmother has a large collection of *delicate* porcelain. 【delicate = fine】

□ **delight** ( dɪˈlaɪt ) *n.* 高興　*v.* 使高興
Jill expressed her *delight* by clapping
her hands. 〔 de + light = delight 〕

□ **delivery** ( dɪˈlɪvərɪ ) *n.* 遞送
You may expect *delivery* of the package
on Wednesday.

□ **demand** ( dɪˈmænd ) *v.* 要求　*n.* 需求
The irate customers *demanded* to speak
to the store manager.

□ **democracy** ( dəˈmɑkrəsɪ ) *n.* 民主
After the dictator was overthrown,
*democracy* was established.

□ **demonstrate** (ˈdɛmənˌstret ) *v.* 示威；示範
The art teacher *demonstrated* how to mix
the paints to create different colors.

□ **dense** ( dɛns ) *adj.* 濃密的
There was little light in the *dense* forest.

□ **deny** 〔dɪ'naɪ〕v. 否認

The singer *denied* the rumors that he was secretly married.

□ **depart** 〔dɪ'pɑrt〕v. 離開

The train will *depart* from platform number four.

□ **dependent** 〔dɪ'pɛndənt〕adj. 依賴的

Once he began working, Sam was no longer *dependent* on his parents.

□ **deposit** 〔dɪ'pɑzɪt〕v. 存放

You can *deposit* your bags here and luggage handlers will take them to the bus.

□ **depress** 〔dɪ'prɛs〕v. 使沮喪

The players were *depressed* by their failure to win the game.

□ **depth** 〔dɛpθ〕n. 深度

□ **description** ﹝ dɪ'skrɪpʃən ﹞ *n.* 描述
Ann and David gave us a vivid
*description* of their trip.

□ **deserve** ﹝ dɪ'zɝv ﹞ *v.* 應得
Your performance was so good that you
*deserve* to win the first prize.

□ **designer** ﹝ dɪ'zaɪnɚ ﹞ *n.* 設計師

□ **desperate** ﹝'dɛspərɪt ﹞ *adj.* 絕望的
When their car ran out of gas in the
desert they were *desperate*.

□ **despite** ﹝ dɪ'spaɪt ﹞ *prep.* 儘管
*Despite* her bad cold, Ellen insisted on
going to work.
【despite = in spite of「儘管」很常考】

□ **destination** ﹝ ˌdɛstə'neʃən ﹞ *n.* 目的地
Do you know what time we will reach
our *destination*?

□ **destroy** 〔 dɪ'strɔɪ 〕 v. 破壞

□ **destruction** 〔 dɪ'strʌkʃən 〕 n. 破壞
The earthquake caused widespread
*destruction*.

□ **detail** 〔 'ditel , dɪ'tel 〕 n. 細節
My sister helped me to arrange all the
*details* of the party. 【detail = de + tail ( 尾巴 )】

□ **detective** 〔 dɪ'tɛktɪv 〕 n. 偵探；刑警
*Detectives* searched the house, looking
for clues.

□ **detergent** 〔 dɪ'tɝdʒənt 〕 n. 清潔劑

□ **determine** 〔 dɪ'tɝmɪn 〕 v. 決定
The judge will *determine* which side is at
fault. 【determine 這個字，主動、被動意義相同】

□ **device** 〔 dɪ'vaɪs 〕 n. 裝置
A microwave is a handy *device* for
heating up food quickly.

□ **devil**〔'dɛvl̩〕 *n.* 魔鬼

Many horror movies are stories about the *devil*.

□ **devise**〔dɪ'vaɪz〕 *v.* 想出；設計

We *devised* a plan to get Mary out of the house before her surprise birthday party.

□ **devote**〔dɪ'vot〕 *v.* 奉獻

Greg *devotes* a lot of time to painting.

□ **dialogue**〔'daɪə,lɔg〕 *n.* 對話

Jimmy just follows the action in the cartoon; he doesn't understand the *dialogue*.

□ **differ**〔'dɪfɚ〕 *v.* 不同

The brothers *differ* in their views on music.【differ + ent = different】

□ **digest** 〔 daɪˈdʒɛst 〕 *v.* 消化

Don't give the dog chewing gum! He can't *digest* it.

□ **digital** 〔ˈdɪdʒɪtl̩ 〕 *adj.* 數位的；數字的

A *digital* thermometer will give you an accurate measure of the temperature.

□ **dignity** 〔ˈdɪgnətɪ 〕 *n.* 尊嚴

We were impressed by the *dignity* of the poor people.

□ **diligence** 〔ˈdɪlədʒəns 〕 *n.* 勤勉

We would never have finished in time without your *diligence*.

□ **dim** 〔 dɪm 〕 *adj.* 昏暗的

It was difficult to read in the *dim* room.

□ **dime** 〔 daɪm 〕 *n.* 一角硬幣

□ **dine** 〔 daɪn 〕 *v.* 用餐

Our group will *dine* at eight and then go to an after-dinner show.

□ **dip** 〔 dɪp 〕 *v.* 浸泡

The candy maker *dipped* the strawberries in chocolate.

□ **diploma** 〔 dɪˈplomə 〕 *n.* 畢業證書

The principal will hand you your *diplomas* as you cross the stage.

□ **director** 〔 dəˈrɛktɚ 〕 *n.* 主管；指導者

You should talk to Mitch; he's the *director* of this project.

□ **dirt** 〔 dɝt 〕 *n.* 泥土

The woman shouted at the boy for digging in the *dirt* in her garden.

□ **disadvantage** 〔͵dɪsəd'væntɪdʒ〕 *n.* 缺點

Not having finished high school turned out to be a great *disadvantage* when he tried to find a job.

□ **disagree** 〔͵dɪsə'gri〕 *v.* 意見不一致

We *disagree* on what the best place to spend our vacation would be.

□ **disappoint** 〔͵dɪsə'pɔɪnt〕 *v.* 使失望

The children expect presents at Christmas and we can't *disappoint* them.

□ **disaster** 〔dɪz'æstə〕 *n.* 災難

The bad harvest is a *disaster* for this poor country.

□ **discard** 〔dɪs'kard〕 *v.* 丟棄

Instead of just *discarding* your old clothes, why not give them to charity?

□ **discipline** (ˈdɪsəplɪn ) *n.* 紀律;自制

It takes a great deal of *discipline* to stick to a diet.

| |
|---|
| disciple ( dɪˈsaɪpḷ ) *n.* 門徒;學生<br>discipline (ˈdɪsəplɪn ) *n.* 紀律 |

□ **disco** (ˈdɪsko ) *n.* 迪斯可舞(廳)

□ **disconnect** (ˌdɪskəˈnɛkt ) *v.* 切斷

Our phone service was *disconnected* when we didn't pay the bill.

□ **discount** (ˈdɪskaʊnt ) *n.* 折扣

□ **discourage** ( dɪsˈkɝɪdʒ ) *v.* 使氣餒

I don't want to *discourage* you, but do you know how hard it is to run twenty kilometers?

□ **discovery** ( dɪˈskʌvərɪ ) *n.* 發現

The *discovery* of oil on his ranch made him a millionaire.

□ **disease** ﹝dɪ'ziz﹞ n. 疾病

Cancer is not an infectious *disease,* but it can run in families.

> dis + ease
>   |    |
> *not* + 舒服（不舒服就是生病）

□ **disguise** ﹝dɪs'gaɪz﹞ v. 偽裝

The movie star *disguised* himself as a deliveryman in order to fool the reporters.

□ **disgust** ﹝dɪs'gʌst﹞ v. 使厭惡；使作嘔

We were *disgusted* by the smell of the garbage dump.

□ **disk** ﹝dɪsk﹞ n. 光碟

□ **dislike** ﹝dɪs'laɪk﹞ v. 不喜歡

Nick *dislikes* vegetables but loves junk food.

□ **dismiss** 〔 dɪs'mɪs 〕 v. 下（課）；解僱

The maid was *dismissed* when it was
discovered that she had been stealing.

□ **disorder** 〔 dɪs'ɔrdɚ 〕 n. 混亂

The teacher was angry when she saw
the *disorder* in the classroom.

□ **display** 〔 dɪ'sple 〕 v. 展示

The museum will *display* the paintings
until the end of May.
〔 display = dis + play 〕

□ **dispute** 〔 dɪ'spjut 〕 v. 爭論

The sisters *disputed* which of their
favorite singers was really the best.

□ **distinct** 〔 dɪ'stɪŋkt 〕 adj. 清楚的；明顯的

There is a *distinct* difference between
those who try their best and those who
don't.

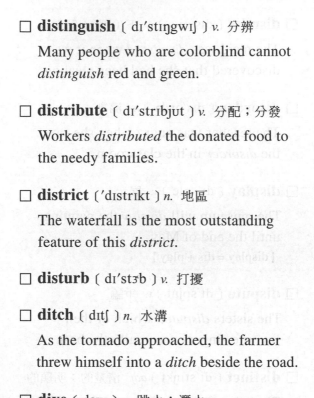

☐ **distinguish** 〔 dɪ'stɪŋgwɪʃ 〕 v. 分辨

Many people who are colorblind cannot *distinguish* red and green.

☐ **distribute** 〔 dɪ'strɪbjut 〕 v. 分配；分發

Workers *distributed* the donated food to the needy families.

☐ **district** 〔 'dɪstrɪkt 〕 n. 地區

The waterfall is the most outstanding feature of this *district*.

☐ **disturb** 〔 dɪ'stɝb 〕 v. 打擾

☐ **ditch** 〔 dɪtʃ 〕 n. 水溝

As the tornado approached, the farmer threw himself into a *ditch* beside the road.

☐ **dive** 〔 daɪv 〕 v. 跳水；潛水

Our swimming teacher says that we will learn how to *dive* next week.

□ **divine** 〔 də'vaɪn 〕 *adj.* 神聖的

The spring is said to have a *divine* power to heal the sick.

□ **division** 〔 də'vɪʒən 〕 *n.* 分配;部份;除法

Betty complained about her brother's *division* of the cake, saying that he had taken the larger piece.

□ **divorce** 〔 də'vors 〕 *n.* 離婚

The Petersons are said to be getting a *divorce*.

□ **dock** 〔 dɑk 〕 *n.* 碼頭

The passengers waved good-bye to the islanders as their ship moved away from the *dock*.

□ **document** 〔 'dɑkjəmənt 〕 *n.* 文件

Your birth certificate is an important *document*.

□ **dodge** ﹝ dɑdʒ ﹞ *v.* 躲避

The pedestrian *dodged* the speeding car
and made it safely to the other side
of the road.

□ **domestic** ﹝ də'mɛstɪk ﹞ *adj.* 國內的

All the presidential candidates promised
to pay more attention to *domestic*
problems.

□ **dominate** ﹝ 'dɑmə,net ﹞ *v.* 支配

Although they are twins, one child
*dominates* the other.

□ **dormitory** ﹝ 'dɔrmə,torɪ ﹞ *n.* 宿舍

Students have a choice of living in the
*dormitory* or finding an apartment off
campus. 【dormitory = dorm】

□ **dose** ﹝ dos ﹞ *n.* 劑量

Don't take more than the prescribed
*dose* of this medicine.

☐ **doubtful**〔'dautfəl〕*adj.* 懷疑的；不確定的

It is *doubtful* whether we will arrive before six.

☐ **dove**〔dʌv〕*n.* 鴿子

☐ **download**〔'daun,lod〕*v.* 下載

You can *download* this program from our website.

☐ **doze**〔doz〕*v.* 打瞌睡

Grandmother *dozed* in her chair by the fire.

☐ **draft**〔dræft〕*n.* 草稿；通風

The door does not close properly, so there is a constant *draft* in this room.

☐ **drag**〔dræg〕*v.* 拖

Not able to lift the suitcase, he *dragged* it down the hall.

□ **dragonfly** 〔'drægən,flaɪ〕 *n.* 蜻蜓

□ **drain** 〔 dren 〕 *v.* 排水

We *drain* the swimming pool in the winter and refill it at the beginning of the summer.

□ **dramatic** 〔 drə'mætɪk 〕 *adj.* 戲劇性的

The movie star made a *dramatic* entrance at the party.

□ **drawer** 〔'drɔə〕 *n.* 抽屜

The scissors are in the bottom *drawer* of the desk.

□ **drawing** 〔'drɔɪŋ〕 *n.* 圖畫

□ **dread** 〔 drɛd 〕 *v.* 害怕

Most of us *dread* a visit to the dentist.

☐ **drift** 〔 drɪft 〕 v. 漂流

The fisherman turned off the motor
and let his boat *drift*.

☐ **drill** 〔 drɪl 〕 n. 鑽孔機

☐ **drip** 〔 drɪp 〕 v. 滴下

Water *dripped* constantly from the
faucet, so we had it replaced.

☐ **drown** 〔 draʊn 〕 v. 淹死

There were only ten survivors; the rest
of the ferry passengers *drowned*.

☐ **drowsy** 〔 'draʊzɪ 〕 adj. 想睡的

The cold medicine has made him
*drowsy*.

☐ **drug** 〔 drʌg 〕 n. 藥

Scientists are always developing new
*drugs* for a variety of diseases.

☐ **drunk** ﹝ drʌŋk ﹞ *adj.* 喝醉的

After four glasses of wine he was clearly *drunk*.

☐ **duckling** ﹝'dʌklɪŋ ﹞ *n.* 小鴨

☐ **due** ﹝ dju ﹞ *adj.* 到期的

The gas bill is *due*, so you had better pay it right away.

☐ **dull** ﹝ dʌl ﹞ *adj.* 遲鈍的；笨的

Jake thinks he is too *dull* to succeed in math, but I think he just needs to study harder.

☐ **dump** ﹝ dʌmp ﹞ *v.* 傾倒

The truck *dumped* the sand next to the building site.

☐ **durable** ﹝'djʊrəbḷ ﹞ *adj.* 耐用的

Choose *durable* fabric for your furniture if you want it to last a long time.

□ **duration** 〔 djʊˋreʃən 〕 *n.* 持續的期間

The *duration* of the flight will be twelve and a half hours.

□ **dust** 〔 dʌst 〕 *n.* 灰塵

□ **DVD** *n.* 數位影音光碟

( = *digital versatile disc* )

□ **dye** 〔 daɪ 〕 *v.* 染

□ **dynamic** 〔 daɪˋnæmɪk 〕 *adj.* 充滿活力的

The preacher is a *dynamic* speaker who can always capture the full attention of his audience.

□ **dynasty** 〔 ˋdaɪnəstɪ 〕 *n.* 朝代;統治集團

The publisher hopes that his son will enter the business and continue the family *dynasty* in the newspaper business.

# E e

□ **eager** 〔'igɚ〕 *adj.* 渴望的

Ken is *eager* to start his new life in college.

□ **earnest** 〔'ɝnɪst〕 *adj.* 眞誠的

Tim appreciated his brother's *earnest* desire to help him.

□ **earphone** 〔'ɪr,fon〕 *n.* 耳機

□ **earthquake** 〔'ɝθ,kwek〕 *n.* 地震

□ **eastern** 〔'istɚn〕 *adj.* 東方的

If we stay on the *eastern* side of the island, we will be able to see the sunrise.

□ **echo** 〔'ɛko〕 *n.* 回音

The *echo* of our shouts gradually diminished.

□ **economic** 〔,ikə'nɑmɪk〕 *adj.* 經濟的

□ **edible** (ˈɛdəbl̩ ) *adj.* 可食用的

Don't pick these berries because they are not *edible*.

□ **edit** (ˈɛdɪt ) *v.* 編輯

I have finished writing the term paper, but I want to *edit* it before I turn it in.

□ **educate** (ˈɛdʒʊˌket ) *v.* 教育

Their son was *educated* in Switzerland and only recently returned home.

□ **effect** ( ɪˈfɛkt ) *n.* 影響；效果

The drug has been tested on animals, but its *effect* on humans is not yet known. 【effect = influence】

□ **efficiency** ( əˈfɪʃənsɪ ) *n.* 效率

The manager handled our complaint with great *efficiency*.

□ **elastic** 〔 ɪ'læstɪk 〕 *adj.* 有彈性的

The boy put an *elastic* band around the papers to hold them together.

□ **elbow** 〔'ɛl,bo 〕 *n.* 手肘

□ **elderly** 〔'ɛldəlɪ 〕 *adj.* 年老的

Penny gave her seat to the *elderly* man.

□ **electrical** 〔 ɪ'lɛktrɪkḷ 〕 *adj.* 用電的

It is a good idea to turn off *electrical* appliances during a severe thunderstorm.

□ **electronic** 〔 ɪ,lɛk'trɑnɪk 〕 *adj.* 電子的

*Electronic* mail has become so popular that few people bother to write letters anymore.

□ **elegant** 〔'ɛləgənt 〕 *adj.* 優雅的

Her *elegant* manners impressed everyone at the party.

☐ **element** (ˈɛləmənt) *n.* 要素

Perseverance is one of the *elements* of his success.

☐ **elevator** (ˈɛlə,vetə) *n.* 電梯

☐ **eliminate** (ɪˈlɪmə,net) *v.* 除去；淘汰

We were *eliminated* from the competition when we lost the quarterfinal game.

☐ **elsewhere** (ˈɛls,hwɛr) *adv.* 在別處

I'm afraid we don't have that book in stock; you'll have to look *elsewhere*.

☐ **embarrassment** (ɪmˈbærəsmənt)
*n.* 尷尬

Kurt cannot forget the *embarrassment* of walking into the ladies' room by mistake.

☐ **embassy** (ˈɛmbəsɪ) *n.* 大使館

When the town came under attack, many French citizens took refuge in their *embassy*.

☐ **emerge** 〔ɪ'mɝdʒ〕 v. 出現

Jill went to her room to study and did not *emerge* until dinnertime.

☐ **emergency** 〔ɪ'mɝdʒənsɪ〕 n. 緊急情況

Rob is cool-headed and always knows what to do in an *emergency*.

☐ **emotional** 〔ɪ'moʃənḷ〕 adj. 令人感動的

The graduation ceremony was an *emotional* event for the students.

☐ **emperor** 〔'ɛmpərɚ〕 n. 皇帝

☐ **emphasis** 〔'ɛmfəsɪs〕 n. 強調；重視

Our school does not place much *emphasis* on sports.

☐ **empire** 〔'ɛmpaɪr〕 n. 帝國

☐ **employee** 〔ˌɛmplɔɪ'i〕 n. 員工

☐ **employer** 〔ɪm'plɔɪɚ〕 n. 雇主

□ **enable** 〔 ɪn'ebḷ 〕 v. 使能夠

Cell phones *enable* us to stay in touch with others easily.

□ **enclose** 〔 ɪn'kloz 〕 v. ( 隨函 ) 附寄;包圍

The garden is *enclosed* by a wooden fence.

□ **encounter** 〔 ɪn'kaʊntɚ 〕 v. 遇見;遭遇

I was surprised to *encounter* my neighbor downtown.

□ **encourage** 〔 ɪn'kɝɪdʒ 〕 v. 鼓勵

My parents *encouraged* me to join the neighborhood soccer team.

| en | + | courage |
|----|---|---------|
| \| | | \| |
| *make* | + | 勇氣 |

□ **endanger** 〔 ɪn'dendʒɚ 〕 v. 危害

Don't *endanger* others by driving drunk.

□ **ending** 〔 'ɛndɪŋ 〕 n. 結局

□ **endure** 〔 ɪn'djʊr 〕 v. 忍受

The settlers *endured* many hardships during their first winter.

□ **enforce** 〔 ɪn'fors 〕 v. 執行

The library has a rule against using cell phones inside, but it is rarely *enforced*.

□ **engage** 〔 ɪn'gedʒ 〕 v. 從事；僱用

We *engaged* a professional painter to paint our house.

□ **engineering** 〔 ˌɛndʒə'nɪrɪŋ 〕 n. 工程學

□ **enjoyable** 〔 ɪn'dʒɔɪəbl̩ 〕 adj. 令人愉快的

Our tour of the city was very *enjoyable*.

□ **enlarge** 〔 ɪn'lardʒ 〕 v. 放大；擴大

We plan to *enlarge* the restaurant so that we can seat another 100 people.

□ **enormous** 〔 ɪ'nɔrməs 〕 *adj.* 巨大的
【 enormous = large = vast = huge = giant
= tremendous 】

□ **entertain** 〔 ˌɛntɚ'ten 〕 *v.* 娛樂
Ship passengers will be *entertained* by a
professional group of dancers and
singers.【背這個字，要先背 enter ( 進入 )】

□ **enthusiastic** 〔 ɪn,θjuzɪ'æstɪk 〕 *adj.* 熱衷的
All the students are *enthusiastic* about the
idea of going to Kenting on their
graduation trip.

□ **entire** 〔 ɪn'taɪr 〕 *adj.* 整個的；全部的
You don't have to read the *entire* book,
only the first three chapters.
【 entire = total = complete = whole 】

□ **entry** 〔 'ɛntrɪ 〕 *n.* 進入
Those who have not paid their club dues
by the end of the month will be denied
*entry* until they do so.

□ **envious** 〔'ɛnvɪəs〕 *adj.* 羨慕的；嫉妒的

Marla is *envious* of her sister's accomplishments.

□ **environmental** 〔 ɪn,vaɪrən'mɛntḷ 〕 *adj.* 環境的

Mr. Green supports many *environmental* causes such as the cleanup of the river and the protection of the forest.

□ **equality** 〔 ɪ'kwɑlətɪ 〕 *n.* 平等

The constitution guarantees *equality* to all members of the society.

□ **equipment** 〔 ɪ'kwɪpmənt 〕 *n.* 設備；裝備

The workers left several pieces of *equipment* behind, so I believe they have not finished the job yet.

□ **era** 〔'ɪrə,'irə〕 *n.* 時代

Britain was a great power during the Colonial *era*.

□ **erase** 〔 ɪ'res 〕 v. 擦掉

Henry carefully *erased* his mistake and
wrote in the correct answer.

□ **errand** 〔 'ɛrənd 〕 n. 差事

I have several *errands* to do today, which
include mailing this package.

□ **escalator** 〔 'ɛskə,letɚ 〕 n. 電扶梯

It's not a good idea to take your baby's
stroller on the *escalator*. Why not use the
elevator instead?

□ **escape** 〔 ə'skep 〕 v. 逃走

I don't know how the dog *escaped* from
the yard, but it is running down the street
now.

□ **essay** 〔 'ɛse 〕 n. 論說文

Our teacher asked us to write an *essay* on
an important invention of the twentieth
century.

□ **establish** 〔 ə'stæblɪʃ 〕 v. 建立

The company was *established* in 1952.
【 establish = found 】

□ **estimate** 〔 'ɛstə,met 〕 v. 估計

I asked the mechanic to *estimate* how
much the repairs to my car would cost.

□ **evaluate** 〔 ɪ'vælju,et 〕 v. 評估

Speech contestants will be *evaluated* on
the basis of fluency and speech content.

□ **eventual** 〔 ɪ'vɛntʃuəl 〕 adj. 最後的

Although Mr. Adams is only fifty-five
now, we should be prepared for his
*eventual* retirement.

□ **evidence** 〔 'ɛvədəns 〕 n. 證據

The knife was an important piece of
*evidence* in the trial.

☐ **exact** 〔 ɪg'zækt 〕 *adj.* 精確的

Can you tell me the *exact* number of people who will attend the party?

☐ **exaggerate** 〔 ɪg'zædʒə,ret 〕 *v.* 誇大

Charles *exaggerated* his role in the game so much that you would think he won it single-handedly.

☐ **examine** 〔 ɪg'zæmɪn 〕 *v.* 檢查

The art dealer *examined* the painting carefully in order to make sure it was not a forgery.

☐ **excellence** 〔 'ɛksləns 〕 *n.* 優秀

The *excellence* of our product justifies its higher price.

☐ **exception** 〔 ɪk'sɛpʃən 〕 *n.* 例外；除外

All of my relatives will come to the reunion with the *exception* of my Uncle Joe, who is ill.

□ **exchange**〔 ɪks'tʃendʒ 〕 v. 交換

I'd like to *exchange* this shirt for one in a larger size.

□ **excitement**〔 ɪk'saɪtmənt 〕 n. 興奮

The children could hardly control their *excitement* when we told them we would be going to the circus.

□ **exhausted**〔 ɪg'zɔstɪd 〕 adj. 筋疲力盡的

The runners were *exhausted* by the 10 km race.

□ **exhibit**〔 ɪg'zɪbɪt 〕 v. 展示

The sculptor *exhibits* his work in a gallery downtown.

□ **existence**〔 ɪg'zɪstəns 〕 n. 存在

Do you believe in the *existence* of aliens?

□ **expand** 〔 ɪk'spænd 〕 v. 擴大

Ellen decided to *expand* her business by adding a music section to her bookstore.

□ **expectation** 〔 ˌɛkspɛk'teʃən 〕 n. 期望

Unfortunately, the movie did not live up to my *expectations*.

□ **expense** 〔 ɪk'spɛns 〕 n. 費用

We cannot afford the *expense* of a new car right now.

□ **experiment** 〔 ɪk'spɛrəmənt 〕 n. 實驗

□ **expert** 〔'ɛkspɝt 〕 n. 專家

□ **explanation** 〔ˌɛksplə'neʃən 〕
n. 解釋;說明

I missed the beginning of the TV program, but my sister gave me a brief *explanation* of the plot.

☐ **explode** 〔 ɪk'splod 〕 v. 爆炸

Police were able to defuse the bomb before it *exploded*.

☐ **explore** 〔 ɪk'splor 〕 v. 探險;探討

We should *explore* the possibility of opening a store in China.

☐ **export** 〔 ɪks'pɔrt, -port 〕 v. 出口

☐ **expose** 〔 ɪk'spoz 〕 v. 暴露;使接觸

These plants should not be *exposed* to extreme cold or they may die.

☐ **expression** 〔 ɪk'sprɛʃən 〕 n. 表達;表情

I sent our hostess some flowers as an *expression* of thanks for her hospitality.

☐ **extend** 〔 ɪk'stɛnd 〕 v. 延長

Emily enjoyed Paris so much that she decided to *extend* her stay by another week.

□ **extensive**〔 ɪk'stɛnsɪv 〕*adj.* 廣泛的

Bonny has *extensive* knowledge of dinosaurs.

□ **extent**〔 ɪk'stɛnt 〕*n.* 範圍

The *extent* of his business includes both a shoe factory and several retail stores.

□ **extraordinary**〔 ɪk'strɔdn̩ˏɛrɪ 〕 *adj.* 不尋常的

The job in Japan was an *extraordinary* opportunity for a recent graduate.

□ **extreme**〔 ɪk'strim 〕*adj.* 極度的

Alan was in such *extreme* despair when his girlfriend left him that all his friends were worried about him.

□ **eyebrows**〔 'aɪˏbraʊz 〕*n. pl.* 眉毛

# F f

□ **fable** ('febḷ) *n.* 寓言

We can often learn some basic truths by reading *fables*.

□ **facilities** ( fə'sɪlətɪz ) *n.pl.* 設施

The *facilities* of the park include a swimming pool and tennis courts.

□ **factor** ('fæktɚ ) *n.* 因素

Diligence and perseverance were important *factors* in his success.

【 fact + or = factor 】

□ **fade** ( fed ) *v.* 褪色

My new shirt *faded* when I washed it.

□ **failure** ('feljɚ ) *n.* 失敗

Nick was discouraged by his *failure* to get into medical school.

□ **faint** 〔 fent 〕 v. 昏倒

The gym was so hot that several of the students *fainted* during the assembly.

□ **fairly** 〔'fɛrlı 〕 adv. 公平地；相當地

The judge made the decision *fairly* and we must respect it.

□ **fairy** 〔'fɛrı 〕 n. 仙女；小精靈

An old story says that *fairies* live in the forest.

□ **faith** 〔 feθ 〕 n. 信心；信仰

I have no *faith* in Lisa's ability to do the job.

□ **fake** 〔 fek 〕 adj. 仿冒的

Donna paid a lot of money for a famous painting but it turned out to be *fake*.

☐ **fame** 〔 fem 〕 *n.* 名聲

The actor's *fame* increased after he won
an Academy Award.

☐ **familiar** 〔 fə'mɪljɚ 〕 *adj.* 熟悉的

I don't know who that man is, but he
looks *familiar*.

☐ **fantasy** 〔'fæntəsɪ 〕 *n.* 幻想

Your dream of becoming an astronaut
will be nothing but a *fantasy* if you don't
pass your science class.

【 fantasy = imagination = vision 】

☐ **fare** 〔 fɛr 〕 *n.* 車資

Can you tell me what the *fare* from
London to Manchester is?

☐ **farewell** 〔,fɛr'wɛl 〕 *n.* 告別;告別的話

The friends said *farewell* at the airport
and promised to stay in touch.

□ **farther** 〔ˈfɑrðɚ〕 *adj.* 更遠的

The bank is on the corner and the post office is just a little *farther*.

□ **fashion** 〔ˈfæʃən〕 *n.* 流行

You can always find the latest *fashions* in a magazine.

□ **fasten** 〔ˈfæsn̩〕 *v.* 繫上

Please *fasten* your seatbelts for takeoff.

□ **fatal** 〔ˈfetl̩〕 *adj.* 致命的

I'm afraid the disease is *fatal*, but there is a medicine that can prolong your life.

□ **fate** 〔fet〕 *n.* 命運

It was Holly's *fate* to meet her Mr. Right in Las Vegas.

□ **favor** 〔ˈfevɚ〕 *n.* 幫忙；恩惠

Please do me a *favor* and open the window.

□ **favorable** (ˈfevərəb!) *adj.* 有利的；
贊許的
Considering the *favorable* response of
the audience, I think we should give
first prize in the speech contest to Ian.

□ **fax** ( fæks ) *v.* 傳眞

□ **feast** ( fist ) *n.* 盛宴
It is traditional to enjoy a *feast* after a
wedding.

□ **feather** (ˈfɛðɚ) *n.* 羽毛

□ **feature** (ˈfitʃɚ) *n.* 特色

□ **fellow** (ˈfɛlo) *n.* 傢伙
My brother is the tall *fellow* over there.

> yellow (ˈjɛlo) *adj.* 黃色的
> fellow (ˈfɛlo) *n.* 傢伙；人

□ **ferry** (ˈfɛrɪ) *n.* 渡輪

□ **fertile** (ˈfɝtl̩) *adj.* 肥沃的

The *fertile* land produces two large crops a year.

□ **fetch** ( fɛtʃ ) *v.* 去拿來

Father asked me to *fetch* his glasses from upstairs.

□ **fiction** (ˈfɪkʃən ) *n.* 小說

□ **field** ( fild ) *n.* 田野

□ **fierce** ( fɪrs ) *adj.* 兇猛的

The *fierce* lion terrified the villagers.

□ **fighter** (ˈfaɪtɚ ) *n.* 戰士

□ **figure** (ˈfɪgjɚ ) *n.* 身材；數字

Barbara has a good *figure* because she works out often.

□ **file** ( faɪl ) *n.* 檔案

☐ **finance** 〔fə'næns〕 *v.* 資助

We are trying to raise money to *finance* a new gym.

☐ **firecrackers** 〔'faɪrˌkrækəz〕 *n. pl.* 鞭炮

The family lit *firecrackers* to celebrate the new year.

☐ **fireplace** 〔'faɪrˌples〕 *n.* 壁爐

☐ **firework** 〔'faɪrˌwɜk〕 *n.* 煙火

*Fireworks* lit up the sky on the Fourth of July.

☐ **firm** 〔fɜm〕 *adj.* 堅定的

Tom was *firm* in his refusal to help us, so there is no point in talking to him again.

☐ **fist** 〔fɪst〕 *n.* 拳頭

The angry man shook his *fist* at them.

□ **flame** 〔 flem 〕 *n.* 火焰

The moth was attracted to the *flame* of the candle.

□ **flash** 〔 flæʃ 〕 *n.* 閃光

We were startled by a *flash* of light and then realized that it was lightning.

□ **flashlight** 〔'flæʃ,laɪt 〕 *n.* 手電筒

□ **flat** 〔 flæt 〕 *adj.* 平的

Dan laid the map *flat* on the table in order to see it better.

□ **flatter** 〔'flætɚ 〕 *v.* 奉承；討好

Matt tried to *flatter* his mother by praising her cooking.

□ **flavor** 〔'flevɚ 〕 *n.* 口味

Strawberry is my favorite *flavor* of ice cream.

☐ **flea** 〔 fli 〕 *n.* 跳蚤

☐ **flee** 〔 fli 〕 *v.* 逃走

When the rabbits heard us approach, they began to *flee*.

☐ **flesh** 〔 flɛʃ 〕 *n.* 肉；皮膚

The doctor said it was just a *flesh* wound and not to worry too much.

☐ **flexible** 〔'flɛksəbḷ〕 *adj.* 有彈性的

You'll have to be *flexible* with your plans if you want to travel to Europe during the high season.

☐ **flight** 〔 flaɪt 〕 *n.* 班機

☐ **float** 〔 flot 〕 *v.* 飄浮；漂浮

When he became tired, the swimmer turned over and *floated* on his back.

□ **flock** 〔 flɑk 〕 *n.* （鳥、羊）群

A *flock* of geese flew overhead.

□ **flood** 〔 flʌd 〕 *n.* 水災

□ **flour** 〔 flaʊr 〕 *n.* 麵粉

□ **flu** 〔 flu 〕 *n.* 流行性感冒（ = *influenza* ）

Pam came down with the *flu* and missed
a week of school.

□ **fluent** 〔 'fluənt 〕 *adj.* 流利的

After ten years in Japan, Carl is a *fluent*
Japanese speaker.

□ **flunk** 〔 flʌŋk 〕 *v.* 使不及格；當掉

My teacher threatened to *flunk* me if I
didn't complete the project on time.

□ **flush** 〔 flʌʃ 〕 *v.* 沖洗

If you should get any of the product in
your eye, *flush* it immediately with water.

□ **flute** 〔 flut 〕 *n.* 笛子

□ **foam** 〔 fom 〕 *n.* 泡沫

Bill doesn't often drink draft beer
because he doesn't like the *foam*.

□ **focus** 〔'fokəs 〕 *n.* 焦點

Overtime pay was the *focus* of the
discussion between the workers and
management.

□ **fog** 〔 fɔg , fɑg 〕 *n.* 霧

□ **fold** 〔 fold 〕 *v.* 摺疊

Please don't *fold* this paper; put it in a
folder to keep it flat.

□ **folk** 〔 fok 〕 *n.* 人們

There were many people at the meeting—
storeowners, students and lots of other
*folk*.

☐ **follower** (ˈfɑloɚ) *n.* 信徒

☐ **following** (ˈfɑləwɪŋ) *adj.* 下列的

For your own safety, please read the *following* instructions before using this product.

☐ **fond** ( fɑnd ) *adj.* 喜愛的

Uncle Henry is *fond* of gardening.
【*be fond of*「喜歡」常考】

☐ **forbid** ( fɚˈbɪd ) *v.* 禁止

My parents *forbid* me to go to Internet cafes at night.

☐ **force** ( fors ) *v.* 強迫;硬把 ( 門 ) 撞開

When no one answered the door, the police tried to *force* it open.

☐ **forecast** (ˈforˌkæst) *n.* 預報

The weather *forecast* is for warm temperatures all next week.

☐ **forehead** ( ˈfɔrˌhɛd ) *n.* 額頭

Rich is rubbing his *forehead*; maybe he has a headache.

☐ **forever** ( fəˈɛvɚ ) *adv.* 永遠

No one can live *forever*.

☐ **forgetful** ( fəˈgɛtfəl ) *adj.* 健忘的

My grandfather is so *forgetful* that he often loses his glasses or keys.

☐ **formation** ( fɔrˈmeʃən ) *n.* 形成；隊形

The marching band was standing in *formation* on the playing field.

☐ **formula** ( ˈfɔrmjələ ) *n.* 公式

☐ **fort** ( fɔrt ) *n.* 堡壘

☐ **forth** ( forθ, fɔrθ ) *adv.* 向外

In spring, a variety of flowers came *forth* in the garden.

☐ **fortunate** (ˈfɔrtʃənɪt ) *adj.* 幸運的

Alan was *fortunate* to find a job so
quickly.

☐ **fortune** (ˈfɔrtʃən ) *n.* 財富;幸運

Mr. Walters made his *fortune* in the
movie industry.

☐ **forwards** (ˈfɔrwədz ) *adv.* 向前地

Nina can skate both *forwards* and
backwards.

☐ **found** ( faʊnd ) *v.* 建立

☐ **foundation** ( faʊnˈdeʃən ) *n.* 基金會;
創立

☐ **fountain** (ˈfaʊntn̩ ) *n.* 噴泉

☐ **fragrance** (ˈfregrəns ) *n.* 芳香

☐ **frame** ( frem ) *n.* 框架

☐ **freeway** (ˈfriˌwe ) *n.* 高速公路

☐ **freeze** ﹝ friz ﹞ v. 結冰；冷凍

You can preserve vegetables by canning them or *freezing* them.

☐ **frequent** ﹝ˊfrikwənt﹞ adj. 經常的

As a great reader, Mr. Davis is a *frequent* visitor of the library.

☐ **freshman** ﹝ˊfrɛʃmən﹞ n. 大一新生；新鮮人

☐ **fright** ﹝ fraɪt ﹞ n. 驚嚇

The loud noise gave us all a *fright*.

☐ **frost** ﹝ frɔst ﹞ n. 霜

☐ **frown** ﹝ fraʊn ﹞ v. 皺眉

Jerry *frowned* in concentration as he tried to solve the difficult math problem.

□ **frustrate** 〔'frʌstret 〕 v. 使受挫
If the lesson is too difficult, it will
*frustrate* the students.

□ **fuel** 〔'fjuəl 〕 n. 燃料

□ **fulfill** 〔 fʊl'fɪl 〕 v. 履行；實現
When Victor refused to continue to act
in the soap opera, the producer said that
he had not *fulfilled* the obligations of his
contract.

□ **function** 〔'fʌŋkʃən 〕 n. 功能
I'm not sure what the *function* of some
of the controls on the new DVD player is.

□ **fund** 〔 fʌnd 〕 v. 資助 n. 基金
How do you plan to *fund* your college
education?

□ **fundamental** 〔,fʌndə'mɛntḷ 〕 adj. 基本的

□ **funeral** (ˈfjunərəl ) *n.* 葬禮

□ **fur** ( fɝ ) *n.* 毛皮

□ **furious** (ˈfjʊrɪəs ) *adj.* 狂怒的

My mother was *furious* when I took the car without asking her first.

□ **furnish** (ˈfɝnɪʃ ) *v.* 裝置傢俱

My landlord will *furnish* the room with a sofa and two chairs.

□ **further** (ˈfɝðɚ ) *adj.* 更進一步的

We have been waiting for two hours already but there will be a *further* delay.

□ **furthermore** (ˈfɝðɚˌmor ) *adv.* 此外

Ted is the most talented pianist we have. *Furthermore*, he is very reliable.

# G g

☐ **gallery** 〔'gælərɪ〕 *n.* 畫廊
The *gallery* is showing the work of several local artists.

☐ **gallon** 〔'gælən〕 *n.* 加侖

☐ **gamble** 〔'gæmbḷ〕 *v.* 賭博
Las Vegas is a popular place to *gamble*.

☐ **gang** 〔gæŋ〕 *n.* 一群人；幫派
Diane's friends told her that she would have to change if she wanted to remain part of the *gang*.

☐ **gangster** 〔'gæŋstɚ〕 *n.* 歹徒
The *gangster* demanded that the storeowners give him part of their profits.

☐ **gap** 〔gæp〕 *n.* 裂縫；差距
Sunshine came in through a *gap* in the curtains.

□ **gardener** 〔'gɑrdnɚ 〕 *n.* 園丁；菜農

Believe it or not, a local *gardener* claims to have grown a five-kilo tomato!

□ **garlic** 〔'gɑrlɪk 〕 *n.* 大蒜

□ **gasoline** 〔'gæsḷˌin 〕 *n.* 汽油

□ **gaze** 〔 gez 〕 *v.* 注視

The climbers *gazed* at the view from the top of the mountain.

□ **gear** 〔 gɪr 〕 *n.* 排檔；（一套）工具；裝備

We need to get some camping *gear* if we're going to spend the night in the woods.

□ **gene** 〔 dʒin 〕 *n.* 基因

Scientists believe that certain *genes* can determine everything from our eye color to our personality.

☐ **generation**〔͵dʒɛnəˈreʃən〕 n. 世代

There are three *generations* living in my
house — my grandparents, my parents
and me.

☐ **generosity**〔͵dʒɛnəˈrɑsətɪ〕 n. 慷慨

We were all impressed by the *generosity*
of Tim's large donation.

☐ **genuine**〔ˈdʒɛnjʊɪn〕 *adj.* 眞正的

To our surprise, the souvenir we picked
up turned out to be a *genuine* antique.
【 genuine = real = true = authentic 】

☐ **germ**〔dʒɝm〕 n. 病菌

Washing your hands frequently will kill
*germs* that might otherwise make you
sick.

☐ **gifted**〔ˈgɪftɪd〕 *adj.* 有天份的

Rachel is a *gifted* pianist and it is a
pleasure to listen to her.

□ **gigantic** 〔 dʒaɪˈgæntɪk 〕 *adj.* 巨大的；
龐大的

You can find anything you want in this *gigantic* store.

□ **giggle** 〔ˈgɪgl̩ 〕 *v.* 咯咯地笑
The children *giggled* when Danny told a joke.

□ **ginger** 〔ˈdʒɪndʒɚ 〕 *n.* 薑

□ **giraffe** 〔 dʒəˈræf 〕 *n.* 長頸鹿

□ **glance** 〔 glæns 〕 *v.* 看一眼
I just *glanced* at the paper because I didn't have time to sit down and read it.

□ **glide** 〔 glaɪd 〕 *v.* 滑行；滑翔
I threw the paper airplane and watched it *glide* around the room.

☐ **glimpse** 〔 glɪmps 〕 *n.* 匆匆的一看；一瞥

I caught a *glimpse* of a red coat in the crowd, but I'm not sure if it was Barry's.

☐ **global** 〔'globḷ 〕 *adj.* 全球的

Because it affects everyone, the environment is a *global* concern.

☐ **glorious** 〔'glorɪəs 〕 *adj.* 光輝的；燦爛的

The sunrise this morning was *glorious* and well worth getting up for.

☐ **glory** 〔'glorɪ 〕 *n.* 榮耀

Adam humbly thanked his teammates for their help instead of taking all the *glory* for winning the game.

☐ **glow** 〔 glo 〕 *n.* 光輝

The *glow* of the fire made the room look cosy.

☐ **god** 〔 gɑd 〕 *n.* 神

☐ **goddess** 〔ˈgɑdɪs 〕 *n.* 女神

☐ **goods** 〔 gʊdz 〕 *n. pl.* 商品

They take their *goods* to the market in an old truck.

☐ **gossip** 〔ˈgɑsəp 〕 *v.* 說閒話

It's not a good idea to *gossip* about your friends, especially when you are not sure whether the story is true.

☐ **govern** 〔ˈgʌvən 〕 *v.* 統治

After *governing* the country for twenty years, the ruler decided to retire.

☐ **governor** 〔ˈgʌvənə 〕 *n.* 州長

☐ **gown** 〔 gaʊn 〕 *n.* 禮服

Cheryl wore a beautiful *gown* to the formal dance.

☐ **grab**〔 græb 〕 *v.* 抓住

The climber *grabbed* the rope and pulled himself up.

☐ **grace**〔 gres 〕 *n.* 優雅

Louise may not be the most beautiful dancer, but no one has more *grace* than she does.

☐ **gradual**〔'grædʒʊəl 〕 *adj.* 逐漸的

No one noticed the *gradual* rise of the river until it was too late.

☐ **graduate**〔'grædʒʊ‚et 〕 *v.* 畢業

We will all *graduate* from high school in June.

☐ **grain**〔 gren 〕 *n.* 穀物

These farmers grow *grains*, such as wheat, barley, and so on.

☐ **grammar**〔'græmɚ 〕 *n.* 文法

☐ **grand** ﹝ grænd ﹞ *adj.* 大的；首要的；
盛大的

Mrs. Jetson was the lucky winner of the
*grand* prize in last night's lottery.

☐ **grandchild** ﹝'grænd,tʃaɪld ﹞ *n.* 孫子；孫女

☐ **grapefruit** ﹝'grep,frut ﹞ *n.* 葡萄柚

☐ **grasp** ﹝ græsp ﹞ *v.* 抓住

Timmy *grasped* my hand tightly during
the scary part of the movie.

☐ **grasshopper** ﹝'græs,hɑpɚ ﹞ *n.* 蚱蜢

☐ **grateful** ﹝'gretfəl ﹞ *adj.* 感激的

I am *grateful* for all your help and support.

☐ **gratitude** ﹝'grætə,tjud ﹞ *n.* 感激

The villagers expressed their *gratitude*
for the new tractor by shaking our hands.

☐ **grave** ﹝ grev ﹞ *n.* 墳墓

□ **gravity**〔'grævətɪ〕 *n.* 地心引力；嚴肅

The *gravity* of his expression told us
that the news was bad.

□ **greasy**〔'grisɪ〕 *adj.* 油膩的

May doesn't like to eat French fries
because she thinks they are too *greasy*.

□ **greenhouse**〔'grin,haʊs〕 *n.* 溫室

□ **greeting**〔'gritɪŋ〕 *n.* 問候

Harry waved his hand at us in *greeting*.

□ **grief**〔grif〕 *n.* 悲傷

Losing her pet dog caused Emily great
*grief*.

□ **grin**〔grɪn〕 *v.* 露齒而笑

Jack *grinned* when I told him the joke,
but he didn't laugh out loud.

☐ **grind** 〔 graɪnd 〕 *v.* 磨

This mill was once used to *grind* corn
from all the surrounding farms.

☐ **grocery** 〔'grosərɪ 〕 *n.* 雜貨店

☐ **guarantee** 〔,gærən'ti 〕 *v.* 保證

The manufacturer *guarantees* that the
refrigerator will last ten years.
【字尾是 ee，重音在最後一個音節上】

☐ **guidance** 〔'gaɪdn̩s 〕 *n.* 引導；指導

I talked to my school counselor in order
to get some *guidance* concerning my
future career.

☐ **guilt** 〔 gɪlt 〕 *n.* 罪；罪惡感

Bert felt no *guilt* at all when he stole the
pen from the shop.

☐ **gulf** 〔 gʌlf 〕 *n.* 海灣

The *Gulf* of Mexico stretches from
Mexico to Florida.

□ **gum**〔 gʌm 〕*n.* 口香糖

Sally chewed a piece of *gum* to freshen her breath.

# H h

□ **habitual**〔 hə'bɪtʃuəl 〕*adj.* 習慣性的

Terry is a *habitual* tea drinker; he has a cup every morning.

□ **hallway**〔 'hɔl,we 〕*n.* 走廊

□ **halt**〔 hɔlt 〕*v. n.* 停止

The dentist *halted* the procedure when his patient said he was in pain.

□ **handful**〔 'hænd,fʊl 〕*n.* 一把

Alice picked up a *handful* of dirt and put it in the pot.

□ **handicapped**〔 'hændɪ,kæpt 〕*adj.* 殘障的

This ramp was designed to provide access to the building for the *handicapped*.

□ **handicraft** 〔ˈhændɪˌkræft 〕 n. 手工藝
Batik is one of the traditional *handicrafts* of Indonesia.

□ **handwriting** 〔ˈhændˌraɪtɪŋ 〕 n. 筆跡
The doctor's *handwriting* is so difficult to read that I'm not sure what medicine he prescribed.

□ **handy** 〔ˈhændɪ 〕 adj. 便利的
It's very *handy* to live next door to a convenience store.

□ **harbor** 〔ˈhɑrbɚ 〕 n. 港口

□ **harden** 〔ˈhɑrdn̩ 〕 v. 變硬；凝固
Be sure not to step on the cement until it has *hardened*.

□ **hardship** 〔ˈhɑrdʃɪp 〕 n. 艱難；辛苦
After Glenda lost her job, her family was faced with *hardship*.

☐ **hardware** (ˈhɑrdˌwɛr) *n.* 硬體；五金器具

This store sells hammers, nails and other *hardware*.

☐ **harm** (hɑrm) *v.* 傷害

☐ **harmonica** (hɑrˈmɑnɪkə) *n.* 口琴

☐ **harmony** (ˈhɑrmənɪ) *n.* 和諧

The choir sang in perfect *harmony*.

☐ **harsh** (hɑrʃ) *adj.* 嚴厲的

Lisa was hurt by Dave's *harsh* criticism of her poem.

☐ **harvest** (ˈhɑrvɪst) *n.* 收穫；收成

These apples will be ready for *harvest* in three weeks.

☐ **haste** (hest) *n.* 匆忙

When he realized he was late for work, Jeff left the house in great *haste*.

□ **hatch** 〔 hætʃ 〕 v. 孵化

Some birds have built a nest outside my window and I expect the eggs to *hatch* very soon.

□ **hatred** 〔 'hetrɪd 〕 n. 怨恨；討厭

Ned's *hatred* for the city is a result of a bad experience he had there as a tourist.

□ **hawk** 〔 hɔk 〕 n. 老鷹

□ **hay** 〔 he 〕 n. 乾草

We store *hay* for the animals to eat during the winter.

□ **headline** 〔 'hɛd,laɪn 〕 n. （報紙的）標題

I sometimes don't have time to read the newspaper, but I always glance at the *headlines*.

□ **headphone** 〔 'hɛd,fon 〕 n. 耳機

☐ **headquarters** 〔ˈhɛdˈkwɔrtɚz 〕 *n. pl.* 總部

This is just a branch office. Our *headquarters* are located in Hong Kong.

☐ **heal** 〔 hil 〕 *v.* 痊癒

If you keep the wound clean and dry, it will *heal* soon.

☐ **healthful** 〔ˈhɛlθfəl 〕 *adj.* 有益健康的

Patty tries to eat *healthful* foods such as whole grains and vegetables.

☐ **heap** 〔 hip 〕 *n.* 一堆

Ted left his clothes in a *heap* on the floor instead of hanging them up.

☐ **heaven** 〔ˈhɛvən 〕 *n.* 天堂

☐ **heel** 〔 hil 〕 *n.* 腳跟

The shoes look nice, but they are too tight in the *heel*.

□ **hell** 〔 hɛl 〕 *n.* 地獄；地獄般悲慘的狀態

Most soldiers would like to forget the *hell* of battle.

□ **helmet** 〔'hɛlmɪt 〕 *n.* 安全帽；頭盔

□ **herd** 〔 hɝd 〕 *n.* （牛）群

The ranchers moved the *herd* from one pasture to another.

□ **heroine** 〔'hɛro·ɪn 〕 *n.* 女英雄

□ **hesitate** 〔'hɛzə,tet 〕 *v.* 猶豫

Don't *hesitate* to call me if you have any problems during your visit.

□ **highly** 〔'haɪlɪ 〕 *adv.* 高度地；非常

Mary is such a trustworthy person that everyone thinks very *highly* of her.

□ **hint** 〔 hɪnt 〕 *n.* 提示

I won't tell you where we're going, but I'll give you a *hint*.

□ **hippopotamus** ﹝ˌhɪpəˈpɑtəməs﹞ *n.* 河馬

□ **historical** ﹝hɪsˈtɔrɪkl̩﹞ *adj.* 歷史的

□ **hive** ﹝haɪv﹞ *n.* 蜂巢
The beekeeper carefully removed the cover of the *hive*.

□ **hollow** ﹝ˈhɑlo﹞ *adj.* 中空的
The squirrel built a nest in the *hollow* trunk of the tree.

□ **holy** ﹝ˈholɪ﹞ *adj.* 神聖的
Easter is one of the *holy* days of the Catholic church.

□ **homeland** ﹝ˈhomˌlænd﹞ *n.* 祖國
Although they liked their new country, the immigrants still missed their *homeland*.

□ **honeymoon** 〔'hʌnɪˌmun 〕 *n.* 蜜月（旅行）

The newlyweds will spend their *honeymoon* in Bali.

□ **honor** 〔'ɑnɚ 〕 *n.* 光榮

It is an *honor* for me to meet such a respected scientist.

□ **hook** 〔 hʊk 〕 *n.* 鉤子

Ben hung his jacket on a *hook* behind the door.

□ **hopeful** 〔'hopfəl 〕 *adj.* 充滿希望的

I can't be sure our team will win, but I am *hopeful*.

□ **horizon** 〔 hə'raɪzn̩ 〕 *n.* 地平線；
（*pl.*）知識範圍

We watched until the sun sank below the *horizon*.

□ **horn** 〔 hɔrn 〕 *n.* 喇叭；（牛、羊的）角

The impatient motorist blew his *horn*.

☐ **horrify** ('hɔrə,faɪ, 'hɑrə,faɪ) v. 使驚嚇
Angela was *horrified* when she heard
about the accident.

【 horrify = terrify = frighten = shock 】

☐ **horror** ('hɑrə) n. 恐怖
Erica screamed in *horror* when she saw
the snake.

☐ **hose** ( hoz ) n. 軟水管

☐ **hostel** ('hɑstḷ) n. 青年旅館
The students decided to stay in *hostels*
during the trip in order to save money.

☐ **hostess** ('hostɪs) n. 女主人

☐ **hourly** ('aʊrlɪ) adv. 每小時地
The bells in the clock tower ring *hourly*.

☐ **household** ('haʊs,hold) adj. 家庭的
Jack never helps his mother do *household*
affairs.

□ **housekeeper** 〔 'haʊsˌkipə 〕 *n.* 管家

□ **housing** 〔 'haʊzɪŋ 〕 *n.* 住宅

The government has promised to provide temporary *housing* for all those who lost their homes in the earthquake.

□ **hug** 〔 hʌg 〕 *v.* 擁抱

Nancy *hugged* her daughter goodbye when she dropped her off at kindergarten.

□ **huge** 〔 hjudʒ 〕 *adj.* 巨大的

□ **hum** 〔 hʌm 〕 *v.* 哼唱

As he couldn't remember the words, Dave just *hummed* the song.

□ **humanity** 〔 hju'mænətɪ 〕 *n.* 人類；人性

□ **humidity** 〔 hju'mɪdətɪ 〕 *n.* 溼度

Not only is it hot in the summer, but the *humidity* is very high.

□ **hurricane** (ˈhɝɪ͵ken ) *n.* 颶風

□ **hush** ( hʌʃ ) *v.* 安靜
Mother told us to *hush* while she was
on the phone.

□ **hut** ( hʌt ) *n.* 小木屋
There are several *huts* on the mountain
where hikers can spend the night.

□ **hydrogen** (ˈhaɪdrədʒən ) *n.* 氫

# I i

□ **iceberg** (ˈaɪs͵bɝg ) *n.* 冰山

□ **icy** (ˈaɪsɪ ) *adj.* 結冰的
Many cars slid on the *icy* roads.

□ **ideal** ( aɪˈdiəl ) *adj.* 理想的
The winter vacation is an *ideal* time to go
abroad because we have several days off.
【idea ( 想法 ) 和 ideal 一起背】

□ **identical** 〔 aɪˈdɛntɪkl̩ 〕 *adj.* 完全相同的

I'm not sure which of these pens is mine because they are *identical*.

□ **identify** 〔 aɪˈdɛntəˌfaɪ 〕 *v.* 辨認

Police asked the woman to *identify* the man who had stolen her purse.

□ **identity** 〔 aɪˈdɛntətɪ 〕 *n.* 身分

Bill was not allowed to withdraw money from his account because he could not prove his *identity*.

□ **idiom** 〔 ˈɪdɪəm 〕 *n.* 成語

□ **idle** 〔 ˈaɪdl̩ 〕 *adj.* 無所事事的；懶惰的

The bus drivers were *idle* during the transportation strike.

□ **idol** 〔 ˈaɪdl̩ 〕 *n.* 偶像

Teens will often go to great lengths to get a glimpse of their *idols*.

□ **ignorant** (ˈɪgnərənt) *adj.* 無知的

The school is so far away and difficult to reach that many children here grow up *ignorant*.

□ **illustrate** (ˈɪləstret) *v.* 加插圖於；
圖解說明

Beth is a commercial artist who *illustrates* children's books.

□ **image** (ˈɪmɪdʒ) *n.* 形象

If that story gets out, it could hurt the mayor's public *image*.

□ **imitate** (ˈɪmə,tet) *v.* 模仿

Billy *imitates* everything his older brother does.

□ **immediate** (ɪˈmidɪɪt) *adj.* 立刻的

Mrs. White was annoyed when her daughter didn't give her an *immediate* answer to her question.

□ **immigrate**〔'ımə,gret〕v. 移入

Because his uncle was already living in the country, Brian decided to *immigrate*, too.

□ **impact**〔'ımpækt〕n. 衝擊；影響

The astronaut's speech made such a big *impact* on Joe that he has decided to study aerospace engineering.

□ **imply**〔ım'plaı〕v. 暗示

When Jane said she welcomed a home-cooked meal, she *implied* that she rarely cooks.

```
im + ply
|      |
in + fold （把錢摺疊在文件中暗示）
```

□ **import**〔ım'port〕v. 進口

```
im + port
|     |
in + 港口 （從港口進入）
```

□ **impress** ﹝ ɪm'prɛs ﹞ v. 使印象深刻

We were *impressed* by the man's
courageous act.

```
im + press
 |      |
in  +  壓（壓進腦海裡，就有印象）
```

□ **improvement** ﹝ ɪm'pruvmənt ﹞ n. 改善

My parents were happy with the
*improvement* in my math grade.

□ **incident** ﹝ 'ɪnsədənt ﹞ n. 事件

Mother asked me about the boys' fight,
but I told her I didn't see the *incident*.
〔 incident = event = happening = occurrence 〕

□ **including** ﹝ ɪn'kludɪŋ ﹞ prep. 包括

The guidebook contains fifteen chapters,
*including* one on travel preparations.

□ **indeed** 〔ɪn'did〕 *adv.* 的確

I was *indeed* sorry to hear about your trouble.

□ **independence** 〔͵ɪndɪ'pɛndəns〕 *n.* 獨立

| in | + | depend | + | ence |
|----|---|--------|---|------|
| *not* | + | 依賴 | + | *n.* |

□ **indication** 〔͵ɪndə'keʃən〕 *n.* 指示；指標

Several newspapers on your lawn and a full mailbox can be an *indication* to thieves that no one is at home.

□ **individual** 〔͵ɪndə'vɪdʒuəl〕 *adj.* 個人的；供個人使用的

Rather than make one big pie, Karen made an *individual* tart for each of her guests.

□ **indoor** (ˈɪnˌdor ) *adj.* 室內的

The club has both an *indoor* and an outdoor swimming pool.

□ **indoors** (ˈɪnˈdorz ) *adv.* 在室內

The weather was so bad that we decided to stay *indoors* and play cards.

□ **industrial** ( ɪnˈdʌstrɪəl ) *adj.* 工業的

□ **infant** (ˈɪnfənt ) *n.* 嬰兒

A young couple with an *infant* have moved in upstairs.

□ **infect** ( ɪnˈfɛkt ) *v.* 傳染

Cover your mouth when you cough so that you don't *infect* others.

□ **inferior** ( ɪnˈfɪrɪə ) *adj.* 較差的

I'm sorry, but we cannot accept these *inferior* goods.

☐ **inflation** ﹝ ɪnˈfleʃən ﹞ *n.* 通貨膨脹

The *inflation* of property prices makes it difficult for young people to buy a house.

☐ **influential** ﹝ ͵ɪnfluˈɛnʃəl ﹞ *adj.* 有影響力的

People say that Scott got his job because he knows some *influential* people.

☐ **inform** ﹝ ɪnˈfɔrm ﹞ *v.* 通知

We will *inform* you of our decision as soon as possible.

【in + form ( 形式 ) = inform，***inform* sb. *of* sth.**
「通知某人某事」】

☐ **informative** ﹝ ɪnˈfɔrmətɪv ﹞ *adj.* 知識性的

The brochure is both interesting and *informative*.

☐ **ingredient** ﹝ ɪnˈgridɪənt ﹞ *n.* 原料

The main *ingredient* of this dish is chicken.

☐ **initial** 〔 ɪˈnɪʃəl 〕 *adj.* 最初的

Now that we have completed the *initial* step, let's move on.

☐ **injure** 〔ˈɪndʒɚ〕 *v.* 傷害

Don't hold the knife like that or you may *injure* yourself.

☐ **inn** 〔 ɪn 〕 *n.* 小旅館

We stayed at a small *inn* just outside the town.

☐ **inner** 〔ˈɪnɚ〕 *adj.* 內部的

Upon hearing that a tornado had been sighted, they moved to an *inner* room of the house.

☐ **innocence** 〔ˈɪnəsn̩s〕 *n.* 清白

Convinced of the boy's *innocence*, the police let him go.

□ **input**〔'ɪn͵pʊt〕*n.* 投入；提供資訊
Please give us your advice; we really
value your *input*.

□ **insert**〔ɪn'sɝt〕*v.* 插入；投入
If you want to buy a drink, you must
first *insert* some coins and then push
the button for the one you want.

□ **inspect**〔ɪn'spɛkt〕*v.* 檢查
The factory will be *inspected* today to
make sure that it is a safe workplace.

□ **inspiration**〔͵ɪnspə'reʃən〕*n.* 靈感
The writer declared that his experiences
during the war were the *inspiration* for
his work.

□ **install**〔ɪn'stɔl〕*v.* 安裝
We will have to *install* a new air
conditioner; this one is not worth
repairing.

□ **instance**〔'ɪnstəns〕*n.* 實例;情況

In this *instance*, you should ask for help.

□ **instead**〔ɪn'stɛd〕*adv.* 作爲代替

There was no Coke, so I had orange juice *instead*.

□ **instinct**〔'ɪnstɪŋkt〕*n.* 本能

Birds fly south in winter by *instinct*.

□ **institute**〔'ɪnstə,tjut〕*n.* 機構

The millionaire founded an *institute* dedicated to helping the poor.

□ **instructor**〔ɪn'strʌktɚ〕*n.* 教練;指導者

I would like to learn to ski and am looking for a good *instructor*.

□ **insult**〔ɪn'sʌlt〕*v.* 侮辱

John *insulted* the man by refusing to shake hands with him.

□ **insurance** 〔 ɪn'ʃʊrəns 〕 *n.* 保險

After the house burned down, we were very happy that we had fire *insurance*.

□ **intellectual** 〔ˌɪntl̩'ɛktʃʊəl 〕 *adj.* 智力的；理智的

Try to approach the problem in an *intellectual* way rather than an emotional one.

□ **intelligence** 〔 ɪn'tɛlədʒəns 〕 *n.* 聰明才智

No doubt he is a man of great *intelligence*, for he learns things easily and well.

□ **intend** 〔 ɪn'tɛnd 〕 *v.* 打算

I *intend* to go to the party, but I will have to stay home if Annie is still sick.

```
in + tend
 |      |
in + 傾向 ( 心中有傾向，即「打算」)
```

☐ **intense**〔ɪn'tɛns〕*adj.* 強烈的

The *intense* heat made everyone feel
tired and irritable.

☐ **intensify**〔ɪn'tɛnsə,faɪ〕*v.* 加強

The police *intensified* their search around
the train station after receiving a tip that
the robber planned to flee the city.

---

intense〔ɪn'tɛns〕*adj.* 強烈的
intensify〔ɪn'tɛnsə,faɪ〕*v.* 加強

---

☐ **intensive**〔ɪn'tɛnsɪv〕*adj.* 密集的

The sales force received *intensive*
training over the weekend so that the
store would be ready to open on Monday.

☐ **intention**〔ɪn'tɛnʃən〕*n.* 企圖；打算

It is our *intention* to buy a house next
year.

□ **interact** 〔,ɪntɚˈækt 〕 *v.* 相互作用

These two chemicals will *interact* and produce a gas with a terrible smell.

□ **interfere** 〔,ɪntɚˈfɪr 〕 *v.* 干涉

Cathy said she would handle the situation and warned us not to *interfere*.

□ **intermediate** 〔,ɪntɚˈmidɪɪt 〕 *adj.* 中級的

Gina did not do well enough on the placement test to join the advanced class, so she was placed in the *intermediate* one.

□ **internal** 〔 ɪnˈtɝnḷ 〕 *adj.* 內部的

The doctor specializes in *internal* medicine.

□ **interpret** 〔 ɪnˈtɝprɪt 〕 *v.* 口譯

As Mr. Johnson can speak both Polish and English, he will *interpret* for our guests.

☐ **interpretation** ( ɪn,tɝprɪˈteʃən ) *n.* 詮釋
Our professor asked us to write an essay
on our *interpretation* of the painting.

☐ **interruption** ( ,ɪntəˈrʌpʃən ) *n.* 打斷
Donna arrived during the middle of the
lecture and apologized for the
*interruption*.

☐ **intimate** ( ˈɪntəmɪt ) *adj.* 親密的
Robert counts Mike among his *intimate*
friends.

☐ **intonation** ( ,ɪntoˈneʃən ) *n.* 語調
Gary's *intonation* made his statement
sound like a question.

☐ **introduction** ( ,ɪntrəˈdʌkʃən ) *n.* 介紹
Martha made *introductions* among her
guests.

□ **invade**〔ɪn'ved〕v. 入侵

The border is so well guarded that it would be difficult for any enemy to *invade* the country.

□ **invention**〔ɪn'vɛnʃən〕n. 發明

Thomas Edison is credited with the *invention* of the light bulb.

□ **invest**〔ɪn'vɛst〕v. 投資

Julia *invested* most of her money in the stock market.

□ **investigate**〔ɪn'vɛstə,get〕v. 調查

Officials are still *investigating* the cause of the accident.

□ **involve**〔ɪn'vɑlv〕v. 包含；使牽涉在內

Helen's new job *involves* both secretarial duties and a bit of bookkeeping.

```
in + volve
 |     |
in +  roll
```

☐ **isolate** (ˈaɪsḷˌet) v. 使隔離

SARS patients must be *isolated* from others in the hospital.

☐ **itch** ( ɪtʃ ) v. 癢

Shortly after he touched the plant, Bart's hand began to *itch*.

☐ **item** (ˈaɪtəm ) n. 項目

☐ **ivory** (ˈaɪvərɪ ) n. 象牙

# J j

☐ **jail** ( dʒel ) n. 監獄

The suspect was kept in *jail* until his trial.

☐ **jar** ( dʒɑr ) n. 廣口瓶

There is a *jar* of peanut butter on the shelf.

☐ **jaw** ( dʒɔ ) n. 顎

☐ **jelly** 〔'dʒɛlɪ 〕 *n.* 果凍

☐ **jet** 〔 dʒɛt 〕 *n.* 噴射機

☐ **jewel** 〔'dʒuəl 〕 *n.* 珠寶

☐ **joint** 〔 dʒɔɪnt 〕 *n.* 關節 *adj.* 聯合的
The old man suffered pain in his *joints*.

☐ **journal** 〔'dʒɝnl̩ 〕 *n.* 期刊；日誌
The students were encouraged to keep a
*journal* while they were abroad.

☐ **journey** 〔'dʒɝnɪ 〕 *n.* 旅程

☐ **joyful** 〔'dʒɔɪfəl 〕 *adj.* 愉快的
The team celebrated their victory with
*joyful* cheers.

☐ **judgment** 〔'dʒʌdʒmənt 〕 *n.* 判斷
Your *judgment* of his character is not
objective.

□ **juicy** 〔'dʒusɪ 〕 *adj.* 多汁的

Timothy enjoyed the *juicy* peach.

□ **jungle** 〔'dʒʌŋgl̩ 〕 *n.* 叢林

It's not a good idea to venture into the *jungle* alone because you might get lost.

□ **junior** 〔'dʒunjɚ 〕 *adj.* 年少的；資淺的

All the students were nervous on their first day of *junior* high.

□ **junk** 〔 dʒʌŋk 〕 *n.* 垃圾

□ **justice** 〔'dʒʌstɪs 〕 *n.* 正義

Everyone agrees on the *justice* of the new law.

# K k

□ **keen** 〔 kin 〕 *adj.* 敏銳的；渴望的；聰明的

With such a *keen* mind, Josh can pursue any profession he chooses.

□ **kettle** 〔'kɛtḷ〕 *n.* 茶壺

□ **keyboard** 〔'ki,bord〕 *n.* 鍵盤

□ **kick** 〔kɪk〕 *v.* 踢

□ **kidney** 〔'kɪdnɪ〕 *n.* 腎臟

□ **kit** 〔kɪt〕 *n.* 一套用具；用具箱
There are some bandages in the medicine *kit*.

□ **kneel** 〔nil〕 *v.* 跪下
The minister asked the congregation to *kneel* and pray.

□ **knight** 〔naɪt〕 *n.* 騎士

□ **knit** 〔nɪt〕 *v.* 編織
My grandmother *knit* this sweater for me.

□ **knob** 〔nɑb〕 *n.* 球形把手
The *knob* doesn't turn; the door must be locked.

☐ **knot** ﹝ nɑt ﹞ *n.* 結 ( = *laboratory* )

The child could not untie the *knot* in his shoelace.

☐ **knuckle** ﹝'nʌkḷ﹞ *n.* 指關節

Gail knocked on the door with her *knuckles*.

# L l

☐ **lab** ﹝ læb ﹞ *n.* 實驗室

The students performed the experiment in the *lab*.

☐ **label** ﹝'lebḷ﹞ *n.* 標籤

According to the *label*, this shirt is made of cotton.

☐ **labor** ﹝'lebɚ﹞ *n.* 勞動

The farmer took a rest from his *labor*.

☐ **laboratory** ﹝'læbrə,torɪ﹞ *n.* 實驗室

☐ **lace** 〔 les 〕 *n.* 蕾絲    *adj.* 蕾絲的

This blouse has a beautiful *lace* collar.

☐ **ladder** 〔'lædə〕 *n.* 梯子

Be careful when you climb the *ladder*.

☐ **ladybug** 〔'ledɪ,bʌg〕 *n.* 瓢蟲

☐ **lag** 〔 læg 〕 *v. n.* 落後

Let's wait for Clark; he's *lagging* behind
again.

☐ **landmark** 〔'lænd,mark〕 *n.* 地標

We saw all the famous *landmarks* of
Washington, D.C. during our visit there.

☐ **landscape** 〔'lænskep〕 *n.* 風景

We took several photographs of the
beautiful *landscape* of southern France.

☐ **landslide** 〔'lænd,slaɪd〕 *n.* 山崩

☐ **lane** 〔 len 〕 *n.* 巷子；車道

☐ **lap** 〔 læp 〕 *n.* 膝部

The child climbed onto his grandfather's *lap*.

☐ **largely** 〔'lɑrdʒlɪ 〕 *adv.* 大多

Tim's problems are *largely* the result of his own laziness.

☐ **lately** 〔'letlɪ 〕 *adv.* 最近

I haven't seen Judy *lately* and I wonder how she's doing.

☐ **launch** 〔 lɔntʃ 〕 *v.* 發射

The rocket will be *launched* on Friday.

☐ **laundry** 〔'lɔndrɪ 〕 *n.* 待洗的衣服

We always do the *laundry* on Tuesday and the shopping on Wednesday.

☐ **lawful** 〔'lɔfəl 〕 *adj.* 守法的

Government officials should be examples of *lawful* behavior.

☐ **lawn** 〔 lɔn 〕 *n.* 草地

☐ **leadership** 〔'lidɚˌʃɪp 〕 *n.* 領導；領導能力

Under Connie's *leadership*, our team won the championship.

☐ **leak** 〔 lik 〕 *v.* 漏

There was a hole in my cup and the coffee *leaked* all over the table.

☐ **lean** 〔 lin 〕 *v.* 倚靠；傾斜

Because there were no more seats in the auditorium, Henry *leaned* against the wall.

☐ **leap** 〔 lip 〕 *v.* 跳

Not wanting to get our feet wet, we *leaped* across the puddle.

☐ **learned** (ˈlɝnɪd) *adj.* 有學問的

The professor is such a *learned* man that all his students and colleagues respect him.

☐ **leather** (ˈlɛðə) *n.* 皮革

☐ **lecture** (ˈlɛktʃə) *n.* 演講；講課

Please turn your cell phones off before the *lecture* begins.

☐ **legal** (ˈligl̩) *adj.* 合法的

The judge ruled that the man's actions, while not wise, had been *legal*.

☐ **legend** (ˈlɛdʒənd) *n.* 傳說

☐ **leisure** (ˈliʒə) *n.* 空閒；悠閒

☐ **lemonade** (ˌlɛmənˈed) *n.* 檸檬水

☐ **length** (lɛŋθ) *n.* 長度

□ **lens** 〔 lɛnz 〕 *n.* 鏡片；鏡頭

I dropped my glasses and broke one *lens*.

□ **leopard** 〔'lɛpəd 〕 *n.* 豹

□ **lesson** 〔'lɛsn̩ 〕 *n.* 課；教訓

Peter learned a valuable *lesson* about
taking care of his things when he lost
his cell phone.

□ **liar** 〔'laɪə 〕 *n.* 說謊者

Nina is such a *liar* that you should never
believe what she says.

□ **liberal** 〔'lɪbərəl 〕 *adj.* 寬大的；開明的

Our school rules are pretty *liberal*, so
most of the students are happy with
them.

□ **liberty** 〔'lɪbə-tɪ 〕 *n.* 自由

The prisoner was given his *liberty* after
seven years in jail.

□ **librarian** ( laɪˈbrɛrɪən ) *n.* 圖書館員

□ **license** (ˈlaɪsn̩s ) *n.* 執照
Don't drive without a *license* or you
could get a big ticket.

□ **lifeboat** (ˈlaɪf,bot ) *n.* 救生艇
Passengers crowded into the *lifeboats* as
the ship sank.

□ **lifeguard** (ˈlaɪf,gɑrd ) *n.* 救生員

□ **lifetime** (ˈlaɪf,taɪm ) *n.* 一生
My grandmother never saw such a thing
in her *lifetime*.

□ **lighten** (ˈlaɪtn̩ ) *v.* 變亮；照亮
The sky began to *lighten* about an hour
before the sun rose.

□ **lighthouse** (ˈlaɪt,haʊs ) *n.* 燈塔

□ **lily** (ˈlɪlɪ ) *n.* 百合

☐ **limb** 〔 lɪm 〕 *n.* 四肢

Many people lost *limbs* when they
unknowingly stepped on a landmine.

☐ **limitation** 〔ˌlɪmə'teʃən 〕 *n.* 限制

Not being allowed to watch TV before
dinner is one of the *limitations* Eileen's
parents place on her.

☐ **linen** 〔'lɪnɪn 〕 *n.* 亞麻布

☐ **link** 〔 lɪŋk 〕 *v.* 連結

Several studies have *linked* smoking
and lung cancer.

☐ **lipstick** 〔'lɪpˌstɪk 〕 *n.* 口紅

☐ **liquor** 〔'lɪkɚ 〕 *n.* ( 烈 ) 酒

The bartender replaced the empty *liquor*
bottles and then opened for business.

☐ **listener** 〔'lɪsn̩ɚ〕 *n.* 傾聽者

Hannah is such a good *listener* that everyone likes to talk to her.

☐ **literature** 〔'lɪtərətʃɚ〕 *n.* 文學

Nick would never major in *literature* because he dislikes reading.

☐ **litter** 〔'lɪtɚ〕 *v.* 亂丟垃圾

There is a fine for *littering* in the park so be sure to place your trash in the trash can.

【g + litter = glitter（發光）】

☐ **lively** 〔'laɪvlɪ〕 *adj.* 活潑的；充滿活力的

It was such a *lively* performance that the dancers were exhausted afterwards.

☐ **liver** 〔'lɪvɚ〕 *n.* 肝臟

☐ **load** 〔lod〕 *n.* 裝載量；負擔 *v.* 裝載

I have four *loads* of laundry to do, so I will need the washing machine for a while.

□ **loan** 〔 lon 〕 *n.* 貸款

Not being able to afford the cost of the car, they asked the bank for a *loan*.

□ **lobby** 〔'labɪ 〕 *n.* 大廳

You will find the elevators in the *lobby* of the building.

□ **lobster** 〔'labstɚ 〕 *n.* 龍蝦

□ **locate** 〔'loket 〕 *v.* 找出⋯的位置

If you can't find your cell phone, you can call its number and *locate* it by its ring.

□ **log** 〔 lɔg 〕 *n.* 圓木

Let's put another *log* on the fire before it dies out.

□ **logic** 〔'ladʒɪk 〕 *n.* 邏輯；推理

Ian impressed everyone with the *logic* of his argument.

□ **lollipop**〔'lalɪ͵pɑp〕*n.* 棒棒糖

□ **loop**〔lup〕*n.* 圍;環    *v.* 纏繞

We can *loop* some streamers around the pole to decorate the gym.

□ **loose**〔lus〕*adj.* 寬鬆的

George must have lost weight because his clothes look *loose*.

> loose〔lus〕*adj.* 寬鬆的
> goose〔gus〕*n.* 鵝

【loose「寬鬆的」若少了一個 o,就變成 lose〔luz〕*v.* 失去,不要搞混】

□ **lord**〔lɔrd〕*n.* 君主

Sir James is the *lord* of the manor.

□ **loss**〔lɔs〕*n.* 損失;失敗

Rather than be depressed about our *loss*, let's just concentrate on winning the next game.

☐ **lot**〔lɑt〕*n.* 一塊土地

The city has decided to build a swimming pool on the empty *lot*.

☐ **lotion**〔'loʃən〕*n.* 化妝水

Andrea applied *lotion* to her dry skin.

☐ **loudspeaker**〔'laud'spikə〕*n.* 擴音器

The results of the contest were announced over the *loudspeaker*.

☐ **lousy**〔'lauzı〕*adj.* 差勁的

Grace did such a *lousy* job on the assignment that her teacher told her to do it over again.

☐ **lower**〔'loə〕*v.* 降低；降下

The flag will be *lowered* at the end of the day.

☐ **loyal**〔'lɔıəl〕*adj.* 忠實的

□ **luck** 〔 lʌk 〕 n. 運氣

Whether or not you win the lottery depends entirely on *luck*.

□ **luggage** 〔 'lʌgɪdʒ 〕 n. 行李

□ **lullaby** 〔 'lʌlə,baɪ 〕 n. 搖籃曲

The mother sang a *lullaby* as she put the baby to bed.

□ **lunar** 〔 'lunɚ 〕 adj. 月亮的

Many people plan to watch the *lunar* eclipse tonight.

□ **luncheon** 〔 'lʌntʃən 〕 n. 午餐

The *luncheon* will begin at twelve o'clock

□ **lung** 〔 lʌŋ 〕 n. 肺

The patient finds it difficult to breathe because he has a *lung* infection.

□ **luxurious** 〔 lʌgˈʒʊrɪəs , lʌgˈʃʊr- 〕 *adj.*
豪華的

We decided to pay a little more and
upgrade to a more *luxurious* cabin on
the ship.

# M m

□ **machinery** 〔 məˈʃinərɪ 〕 *n.* 機器

□ **madam** 〔ˈmædəm 〕 *n.* 女士
"*Madam*, would you care for tea or
coffee?"

□ **magical** 〔ˈmædʒɪkḷ 〕 *adj.* 神奇的
The old woman is said to have *magical*
powers.

□ **magnet** 〔ˈmægnɪt 〕 *n.* 磁鐵

□ **magnificent**〔 mæg'nɪfəsn̩t 〕

*adj.* 壯麗的；很棒的

The opera singer gave a *magnificent* performance and received a standing ovation.

□ **maid**〔 med 〕*n.* 女傭

□ **mainland**〔'men‚lænd 〕*n.* 大陸

Four hours after leaving the island, they finally saw the *mainland*.

□ **maintain**〔 men'ten 〕*v.* 維持

Jane has already lost ten kilos, but she still diets in order to *maintain* her new weight.

□ **majority**〔 mə'dʒɔrətɪ 〕*n.* 大多數

We will follow whatever plan the *majority* of the students choose.

☐ **makeup** (ˈmekˌʌp ) *n.* 化粧；化粧品

Some girls in my junior high school have started wearing *makeup*.

☐ **manage** (ˈmænɪdʒ ) *v.* 設法；管理

Penny did not know how to *manage* the unruly children.

【manage 背不下來，可先背 manager「經理」】

☐ **Mandarin** (ˈmændərɪn ) *n.* 國語

Although there are many Chinese dialects, *Mandarin* is the official language of China.

☐ **mankind** ( mænˈkaɪnd ) *n.* 人類

*Mankind* did not exist ten million years ago.

☐ **manners** (ˈmænəz ) *n. pl.* 禮貌

Eleanor praised her son for his good table *manners*.

□ **manual** 〔'mænjuəl 〕 *n.* 手冊

I have read the *manual*, but I still don't
understand how to operate this machine.

□ **manufacture** 〔,mænjə'fæktʃɚ 〕 *v.* 製造

This factory will *manufacture* our new
line of shoes.

□ **marathon** 〔'mærə,θɑn 〕 *n.* 馬拉松

Thousands of runners participated in the
*marathon*.

□ **marble** 〔'mɑrbḷ 〕 *n.* 大理石

There is a *marble* statue of the general in
the park.

□ **march** 〔 mɑrtʃ 〕 *v.* 行軍；行進

The soldiers had to *march* twenty
kilometers to the next camp.

☐ **margin** (ˈmɑrdʒɪn ) *n.* 頁邊的空白;差距

My teacher wrote some comments in the *margins* of my paper.

☐ **marriage** (ˈmærɪdʒ ) *n.* 婚姻

They celebrated twenty years of *marriage* with a party.

☐ **mate** ( met ) *v.* 交配 *n.* ( 鳥等 ) 一對之一方

The female bird went in search of food while its *mate* guarded the nest.

☐ **material** ( məˈtɪrɪəl ) *n.* 原料

What *material* is this table made out of ?

☐ **mathematical** (ˌmæθəˈmætɪkḷ ) *adj.* 數學的

Glen calculated the area by using a simple *mathematical* equation.

☐ **mature** ﹝ məˋtʃʊr ﹞ *adj.* 成熟的

Although Julie is only twelve, I think she is *mature* enough to take care of her little sister.

☐ **mayor** ﹝ˋmeɚ ﹞ *n.* 市長

Most people in this city approve of the job our *mayor* is doing.

☐ **meadow** ﹝ˋmɛdo ﹞ *n.* 草地

We had picnic in a *meadow* next to river.

☐ **meaningful** ﹝ˋminɪŋfḷ ﹞ *adj.* 有意義的

The activity was fun but not very *meaningful*.

☐ **means** ﹝ minz ﹞ *n.* 方法

My brother believes that going for a daily swim is the best *means* of staying in shape.

□ **meanwhile** (ˈminˌhwaɪl) *adv.* 同時

You look in the shoe store and *meanwhile* I'll find the book I want in the bookstore.

□ **measure** (ˈmɛʒɚ) *v.* 測量  *n.* 措施

Harvey *measured* the window carefully before buying new curtains.

□ **mechanical** (məˈkænɪkl̩) *adj.* 機械的

The train was stopped due to a *mechanical* problem.

□ **medal** (ˈmɛdl̩) *n.* 獎牌

The swimmer won a gold *medal* in the Olympics.

□ **medical** (ˈmɛdɪkl̩) *adj.* 醫學的

Dr. Peterson has a Ph.D. in history; he is not a *medical* doctor.

☐ **melody** 〔'mɛlədɪ 〕 *n.* 旋律

I don't remember the words to the song,
but I can hum the *melody*.

☐ **melon** 〔'mɛlən 〕 *n.* 甜瓜

☐ **melt** 〔 mɛlt 〕 *v.* 融化

Spring is coming and the ice on the lake
is beginning to *melt*.

☐ **membership** 〔'mɛmbɚˌʃɪp 〕 *n.* 會員資格

How much do you pay for *membership*
in that club?

☐ **memorial** 〔 məˈmorɪəl 〕 *n.* 紀念碑

A *memorial* to the victims will be built
at the crash site.

☐ **memorize** 〔'mɛməˌraɪz 〕 *v.* 背誦；記憶

Rita worked hard to *memorize* her lines in
the school play before the first rehearsal.

【字尾是 ize，重音在倒數第三音節上】

□ **mend** 〔mɛnd〕 *v.* 修補；改正

Claudia looked for a needle and thread with which to *mend* her torn skirt.

□ **mental** 〔'mɛntḷ〕 *adj.* 心理的；智力的

Although he is not strong physically, Ned has amazing *mental* powers.

□ **mention** 〔'mɛnʃən〕 *v.* 提到

Did you *mention* the party to Jill? She seems to know all about it.

□ **merchant** 〔'mɜtʃənt〕 *n.* 商人

The *merchants* in the market open their shops very early in the morning.

□ **mercy** 〔'mɜsɪ〕 *n.* 慈悲；寬恕

The criminal confessed his guilt and asked for *mercy*.

☐ **mere** ﹝ mɪr ﹞ *adj.* 僅僅

Don't be so impatient. We've been waiting a *mere* five minutes.

☐ **merit** ﹝'mɛrɪt ﹞ *n.* 優點 *v.* 應得

Barbara thought her term paper *merited* an A, but her teacher gave her a B.

☐ **merry** ﹝'mɛrɪ ﹞ *adj.* 歡樂的

It was a *merry* party and everyone had a good time.

☐ **mess** ﹝ mɛs ﹞ *n.* 亂七八糟；雜亂

Father told me to clean up the *mess* in the living room before I watched TV.

☐ **messenger** ﹝'mɛsṇdʒɚ ﹞ *n.* 送信的人

A *messenger* just arrived with a package for Mr. Philips.

□ **microphone** 〔'maɪkrə,fon 〕 *n.* 麥克風
The first speech contestant spoke into
the *microphone* nervously.

□ **microscope** 〔'maɪkrə,skop 〕 *n.* 顯微鏡
We examined the virus in the *microscope*.

□ **mighty** 〔'maɪtɪ 〕 *adj.* 強有力的
The boxer looked worried when he saw
his *mighty* opponent.

□ **mild** 〔 maɪld 〕 *adj.* 溫和的；溫暖的
The weather this winter is so *mild* that I
haven't even worn my winter coat.

□ **military** 〔'mɪlə,tɛrɪ 〕 *adj.* 軍事的 *n.* 軍隊
All young men are required to serve two
years in the *military*.

□ **mill** 〔 mɪl 〕 *n.* 磨坊；磨粉機
The old *mill* was once used by all the
farmers in the village.

□ **millionaire**〔͵mɪljən'ɛr〕*n.* 百萬富翁

Oscar became a *millionaire* overnight when he won the grand prize.

□ **mineral**〔'mɪnərəl〕*n.* 礦物

Diamond is one of the hardest *minerals*.

□ **minimum**〔'mɪnəməm〕*n.* 最小量

A *minimum* of four people must sign up for the tour or it will be cancelled.

□ **minister**〔'mɪnɪstɚ〕*n.* 部長

The *minister* is responsible for the treasury department of the government.

□ **ministry**〔'mɪnɪstrɪ〕*n.* 部;神職人員

The army, navy and air force are all controlled by the *Ministry* of Defense.

□ **minority** ( məˈnɔrətɪ ,maɪ- ) *n.* 少數

A *minority* of the members object to the plan, but we will go ahead with it anyway.

□ **miracle** (ˈmɪrəkl̩ ) *n.* 奇蹟

When the blind man regained his sight, many people called it a *miracle*.

□ **mischief** (ˈmɪstʃɪf ) *n.* 惡作劇

The teacher warned the children not to get into *mischief* while she was out of the room.

□ **misery** (ˈmɪzərɪ ) *n.* 悲慘；痛苦

Nothing could make her forget her *misery* after her boyfriend left her.

□ **misfortune** ( mɪsˈfɔrtʃən ) *n.* 不幸

Will was not discouraged by his great *misfortune*.

□ **mislead** ( mɪs'lid ) *v.* 誤導

Some advertisements are carefully worded to *mislead* consumers without actually lying.

□ **missile** ('mɪsḷ ) *n.* 飛彈

The North threatened to launch its *missiles* at the South if war broke out.

□ **missing** ('mɪsɪŋ ) *adj.* 失蹤的

Our dog has been *missing* for two days and we are very worried about it.

□ **mission** ('mɪʃən ) *n.* 任務

To finish all this work by the end of the month seems to be an impossible *mission*.

□ **mist** ( mɪst ) *n.* 薄霧

A cold *mist* hung over the water in the early morning.

☐ **misunderstand**〔͵mɪsʌndə'stænd〕*v.*
誤會;誤解

I think you *misunderstood* Peter when
he told us the time of the meeting.

☐ **mixture**〔'mɪkstʃə〕*n.* 混合物

As we were out of green paint, we made
a *mixture* of yellow and blue.

☐ **mob**〔mɑb〕*n.* 暴民

An angry *mob* formed outside the factory
when the layoff was announced.

☐ **mobile**〔'mobḷ〕*adj.* 可移動的;有機動
性的

Thanks to improved transportation
systems, people are much more *mobile*
these days.

□ **moderate** 〔'mɑdərɪt〕 *adj.* 適度的

My father eats a *moderate* amount of meat, not too much and not too little.

□ **modest** 〔'mɑdɪst〕 *adj.* 謙虛的

Vicky was too *modest* to claim credit for her work.

□ **moist** 〔mɔɪst〕 *adj.* 潮濕的

Marsha wiped the table with a *moist* cloth.

□ **moisture** 〔'mɔɪstʃɚ〕 *n.* 濕氣；水分

It is important to control the *moisture* of the soil if you want this plant to grow well.

□ **monitor** 〔'mɑnətɚ〕 *v.* 監視；監控

The doctor decided to keep the patient in the hospital so that he could *monitor* his progress.

☐ **monk** 〔 mʌŋk 〕 *n.* 修道士;和尚
Michael decided to devote his life to the church and he became a *monk*.

☐ **monthly** 〔 'mʌnθlɪ 〕 *adj.* 每月的
The rent is one of our *monthly* expenses.

☐ **monument** 〔 'mɑnjəmənt 〕 *n.* 紀念碑
A *monument* to the war hero will be placed in the park.

☐ **mood** 〔 mud 〕 *n.* 心情
Gary has been in a bad *mood* since he lost the game this morning.

☐ **moral** 〔 'mɔrəl 〕 *adj.* 道德的
Jack expected *moral* behavior not only of himself but also of his staff.

☐ **moreover** 〔 mor'ovɚ 〕 *adv.* 此外
Jessica isn't interested in learning to drive a car. *Moreover*, she is too young to learn.

□ **mostly** (ˈmostlɪ ) *adv.* 大多

The students of this school are *mostly* from nearby communities.

□ **motel** ( moˈtɛl ) *n.* 汽車旅館

As it was late and he was tired, the driver decided to stop for the night at a *motel*.

□ **moth** ( mɔθ ) *n.* 蛾

After we lit the candle, several *moths* circled the flame.

□ **motivate** (ˈmotəˌvet ) *v.* 激勵

In order to *motivate* him, Dan's parents promised to buy him a new bike if he improved his grades.

□ **motivation** (ˌmotəˈveʃən ) *n.* 動機

The upcoming class reunion gave her the *motivation* she needed to finally get in shape.

□ **motor** (ˈmotɚ) *n.* 馬達

I turned the key, but the motor just won't start.

□ **mountainous** (ˈmaʊntn̩əs) *adj.* 多山的

Roads in the *mountainous* region are winding and steep.

□ **movable** (ˈmuvəbl̩) *adj.* 可移動的

A wardrobe, unlike a closet, is *movable*, so you can put it wherever you like.

□ **muddy** (ˈmʌdɪ) *adj.* 沾滿泥巴的

After running through the field, the dog came back with *muddy* paws.

□ **mug** (mʌg) *n.* 馬克杯

Alice poured the coffee into a *mug* and then added cream and sugar.

□ **multiple** 〔'mʌltəpḷ〕 *adj.* 許多的；多樣的
Our school is large and there are *multiple* classes in each grade.

□ **multiply** 〔'mʌltə͵plaɪ〕 *v.* 繁殖；乘
We looked at the cells every day to see how fast they were *multiplying*.

□ **murder** 〔'mɝdɚ〕 *n. v.* 謀殺
He admitted killing the man but claimed it was an accident and not *murder*.

□ **murmur** 〔'mɝmɚ〕 *v.* 喃喃自語
Not wanting to disturb anyone else, John *murmured* an excuse and quietly left the room.

□ **muscle** 〔'mʌsḷ〕 *n.* 肌肉
Alan works out every other day in order to strengthen his *muscles*.

□ **mushroom** 〔'mʌʃrum〕 *n.* 蘑菇

□ **musical** (ˈmjuzɪkl̩ ) *n.* 音樂劇

We would like to see a Broadway *musical* while we are in New York.

□ **mustache** ( məˈstæʃ , ˈmʌstæʃ ) *n.* 八字鬍

The man had a lot of facial hair—both a *mustache* and a beard.

□ **mutual** (ˈmjutʃʊəl ) *adj.* 互相的；共同的

We agreed to work together for our *mutual* benefit.

□ **mysterious** ( mɪsˈtɪrɪəs ) *adj.* 神秘的

Scientists are investigating the *mysterious* lights in the night sky.

□ **mystery** (ˈmɪstrɪ ) *n.* 謎；奧祕

It is a *mystery* how the diamond disappeared from the safe.

【mystery 這個字有點像 my story】

# N n

□ **naked** ﹝'nekɪd﹞ *adj.* 赤裸的

The baby ran through the house *naked* after his bath.

□ **namely** ﹝'nemlɪ﹞ *adv.* 也就是

Bill decided to study a foreign language, *namely* French.

□ **nap** ﹝næp﹞ *n.* 小睡

My brother always takes a *nap* in the afternoon.

□ **narrowly** ﹝'nærolɪ﹞ *adv.* 勉強地；驚險地

We *narrowly* avoided an accident on the drive over here.

□ **nasty** ﹝'næstɪ﹞ *adj.* 令人作嘔的；惡劣的

There is a *nasty* smell coming from the alley.

□ **nationality** ﹝ˌnæʃən'ælətɪ﹞ *n.* 國籍

I wrote my name, *nationality* and passport number on the form.

□ **native** ﹝'netɪv﹞ *n.* 本地人  *adj.* 本地的

Although he lives in England now, Jean is a *native* of France.

□ **navy** ﹝'nevɪ﹞ *n.* 海軍

Rick chose to do his military service in the *navy*.

□ **nearby** ﹝'nɪrˌbaɪ﹞ *adv.* 在附近
*adj.* 附近的

Since we didn't have a car, we decided to go to a *nearby* restaurant for dinner.

□ **nearsighted** ﹝'nɪr'saɪtɪd﹞ *adj.* 近視的

Dave has to wear glasses because he is *nearsighted*.

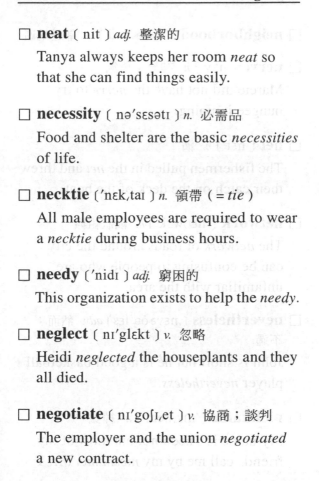

□ **neat** 〔 nit 〕 *adj.* 整潔的

Tanya always keeps her room *neat* so
that she can find things easily.

□ **necessity** 〔 nə'sɛsətɪ 〕 *n.* 必需品

Food and shelter are the basic *necessities*
of life.

□ **necktie** 〔'nɛk,taɪ 〕 *n.* 領帶 ( = *tie* )

All male employees are required to wear
a *necktie* during business hours.

□ **needy** 〔'nidɪ 〕 *adj.* 窮困的

This organization exists to help the *needy*.

□ **neglect** 〔 nɪ'glɛkt 〕 *v.* 忽略

Heidi *neglected* the houseplants and they
all died.

□ **negotiate** 〔 nɪ'goʃɪ,et 〕 *v.* 協商；談判

The employer and the union *negotiated*
a new contract.

☐ **neighborhood**〔'nebɚ,hʊd〕*n.* 鄰近地區

☐ **nerve**〔nɝv〕*n.* 神經;勇氣
Marcie did not have the *nerve* to try
bungee jumping.

☐ **net**〔nɛt〕*n.* 網
The fishermen pulled in the *net* and threw
their catch on the deck of the boat.

☐ **network**〔'nɛt,wɝk〕*n.* 網狀組織
The *network* of roads around the city
can be confusing to people who are
unfamiliar with the area.

☐ **nevertheless**〔,nɛvɚðə'lɛs〕*adv.* 然而;
不過
John is short but he is a good basketball
player *nevertheless*.

☐ **nickname**〔'nɪk,nem〕*n.* 綽號
My name is Theodore, but most of my
friends call me by my *nickname*, Mr. T.

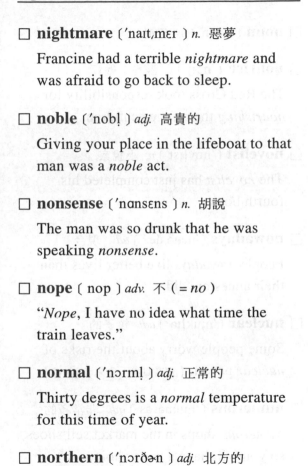

☐ **nightmare** (ˈnaɪtˌmɛr ) *n.* 惡夢

Francine had a terrible *nightmare* and was afraid to go back to sleep.

☐ **noble** (ˈnobḷ ) *adj.* 高貴的

Giving your place in the lifeboat to that man was a *noble* act.

☐ **nonsense** (ˈnɑnsɛns ) *n.* 胡說

The man was so drunk that he was speaking *nonsense*.

☐ **nope** ( nop ) *adv.* 不 ( = *no* )

"*Nope*, I have no idea what time the train leaves."

☐ **normal** (ˈnɔrmḷ ) *adj.* 正常的

Thirty degrees is a *normal* temperature for this time of year.

☐ **northern** (ˈnɔrðən ) *adj.* 北方的

□ **noun** 〔naʊn〕 *n.* 名詞

□ **nourish** 〔′nɜɪʃ〕 *v.* 滋養；養育
The Red Cross took responsibility for
*nourishing* the refugee children.

□ **novelist** 〔′nɑvḷɪst〕 *n.* 小說家
The *novelist* has just completed his
fourth book.

□ **nowadays** 〔′naʊəˌdez〕 *adv.* 現今
People *nowadays* live better lives than
their ancestors did.

□ **nuclear** 〔′njuklɪə〕 *adj.* 核子的
Some people worry about the risks of
*nuclear* power.【背這個字，要先背 clear】

□ **numerous** 〔′njumərəs〕 *adj.* 非常多的
*Numerous* shops in the market sell shoes,
so you will have a wide choice.

□ **nun** 〔 nʌn 〕 *n.* 修女;尼姑

The *nuns* had found fulfillment by devoting their lives to their religion.

□ **nursery** 〔'nɜsərɪ〕 *n.* 育兒室

There are several children in the *nursery*.

□ **nylon** 〔'naɪlɑn〕 *n.* 尼龍

Sarah wore a light *nylon* jacket to protect herself from the wind.

# O o

□ **oak** 〔 ok 〕 *n.* 橡樹

When it grew hot, we sat in the shade of the *oak* tree.

□ **obedience** 〔 ə'bidɪəns 〕 *n.* 服從

The Smiths allow their son to do many things, but they insist on his *obedience* to their rules.

☐ **object** 〔 əb'dʒɛkt 〕 v. 反對

Daniel *objected* when his sister suggested he wash the dishes every night.

☐ **objective** 〔 əb'dʒɛktɪv 〕 adj. 客觀的

The judge said he could not be *objective* because his own son had entered the contest.

☐ **observe** 〔 əb'zɜv 〕 v. 觀察；遵守

We decided to test the drug on mice and *observe* their behavior.

```
ob  + serve
 |      |
eye + keep（眼睛不停地看，所以有兩個
             重要意思：①觀察②遵守）
```

☐ **obstacle** 〔'ɑbstəkl̩ 〕 n. 阻礙

George found it difficult to get around in a wheelchair because there were so many *obstacles* in his path.

□ **obtain** 〔 əb'ten 〕 *v.* 獲得

We won't be able to fix your car today because we couldn't *obtain* the part we need. 【 obtain = get = acquire 】

```
ob + tain
 |     |
eye + hold (抓到眼前)
```

□ **obvious** 〔'ɑbvɪəs 〕 *adj.* 明顯的

It is *obvious* that Ellen is the leader of the group.

□ **occasion** 〔 ə'keʒən 〕 *n.* 場合；特別的大事

Graduation is an important *occasion* in every student's life.

【背這個字要小心，很多同學都拼成 *occassion*，只要記住，只有一個 s 就行了】

□ **occasional** 〔 ə'keʒnḷ 〕 *adj.* 偶爾的

Taipei will be cloudy with *occasional* rain.

☐ **occupation** 〔͵ɑkjə'peʃən 〕 *n.* 職業

His *occupation* was selling vegetables in the market.

☐ **occupy** 〔'ɑkjə͵paɪ 〕 *v.* 佔據

My club activities *occupy* most of my free time.

☐ **occur** 〔 ə'kɝ 〕 *v.* 發生

I didn't see the accident *occur*, but I was there when the police arrived.

☐ **odd** 〔 ɑd 〕 *adj.* 古怪的

I cannot understand Joan's *odd* behavior.

☐ **offend** 〔 ə'fɛnd 〕 *v.* 冒犯；使生氣

Debbie was *offended* when I said she looked as though she had put on weight.

☐ **offense** 〔 ə'fɛns 〕 *n.* 冒犯；無禮；攻擊

When he realized that he had insulted the stranger, Todd apologized for his *offense*.

□ **official** ( ə'fɪʃəl ) *adj.* 官方的;正式的
　　*n.* 官員

An *official* from the Ministry of Health
came to the hospital to explain the new
regulations.

□ **onto** ('antə , 'antu ) *prep.* 到⋯之上
The cat jumped *onto* the counter while
I was preparing dinner.

□ **opera** ('apərə ) *n.* 歌劇
The famous soprano is singing in the
*opera* tonight.

□ **operate** ('apə,ret ) *v.* 操作
This is not an automatic machine; it
must be *operated* manually.

□ **operator** ('apə,retɚ ) *n.* 接線生
I asked the telephone *operator* to look
up the number for me.

□ **opportunity**〔͵ɑpə'tjunətɪ〕 *n.* 機會

Because I had to take a business trip to New York, I had the *opportunity* to see some of the sights of that city.

□ **oppose**〔ə'poz〕 *v.* 反對

Many people *oppose* the idea of building a nuclear power plant in their neighborhood.

> op　　+ pose
> |　　　　|
> *against* + *put*（放在相反的地方）

【pose-oppose-suppose 這三個字要一起背，
　oppose = be opposed to = object to】

□ **opposite**〔'ɑpəzɪt〕 *adj.* 相反的

The two boys dislike each other so much that they chose to sit on *opposite* sides of the room.

☐ **optimistic** (ˌɑptə'mɪstɪk ) *adj.* 樂觀的

Rather than be discouraged by his small chance of success, Marvin was *optimistic*.

☐ **orbit** ('ɔrbɪt ) *n.* 軌道

They put a weather satellite into *orbit* around the earth.

☐ **orchestra** ('ɔrkɪstrə ) *n.* 管絃樂團

The dancers were accompanied by a full *orchestra*.

☐ **organ** ('ɔrgən ) *n.* 器官

An unhealthy lifestyle can cause damage to *organs* such as the heart and lungs.

【organ 和 organize ( 組織 ) 一起背】

☐ **organic** ( ɔr'gænɪk ) *adj.* 有機的

The residents were asked to separate *organic* and inorganic materials when sorting their garbage.

☐ **organize**〔'ɔrgən,aɪz〕v. 組織；使有條理
Mrs. Williams asked me to *organize*
these files by topic.

【背這個字，先背 organ〔'ɔrgən〕n. 器官】

☐ **origin**〔'ɔrədʒɪn〕n. 起源
No one knows the *origin* of the old
legend.

☐ **original**〔ə'rɪdʒənḷ〕adj. 最初的；原本的
Mr. Jackson was the *original* owner of
the house, but he sold it more than
twenty years ago.

☐ **orphan**〔'ɔrfən〕n. 孤兒
The *orphan* was sent to live with his
grandparents after his parents were killed.

☐ **otherwise**〔'ʌðə,waɪz〕adv. 否則；不那樣
Father says we will not take a vacation
this year, but Mother says *otherwise*.

【otherwise = other + wise】

□ **ought to** *aux.* 應該（= *should*）

You *ought to* take an umbrella because it might rain.

□ **outcome**〔'aʊt͵kʌm〕*n.* 結果

The baseball player's error did not affect the *outcome* of the game.

【outcome = result = consequence】

□ **outdoor**〔'aʊt͵dor〕*adj.* 戶外的

It was an *outdoor* party, held beside the lake.

□ **outer**〔'aʊtɚ〕*adj.* 外面的

When he became too warm, Ted took off an *outer* layer of clothing.

□ **outline**〔'aʊt͵laɪn〕*n.* 輪廓；大綱

We could see the *outline* of the skyscraper from miles away.

□ **outstanding** 〔'aʊt'stændɪŋ〕 *adj.* 傑出的

Einstein was an *outstanding* scientist of his time.

【outstanding 是由動詞片語 stand out（突出；傑出）轉變而來】

□ **oval** 〔'ovḷ〕 *n.* 橢圓形　*adj.* 橢圓形的

The skaters glided in an *oval* around the ice rink.

□ **overcoat** 〔'ovɚ,kot〕 *n.* 大衣

Eric wears his *overcoat* only on the coldest days.

□ **overcome** 〔,ovɚ'kʌm〕 *v.* 克服

Julie *overcame* her fear of heights and climbed to the top of the ladder.

□ **overlook** 〔,ovɚ'lʊk〕 *v.* 忽略

Rachel *overlooked* this book when she returned the others to the library.

☐ **overnight** (ˈovɚˈnaɪt ) *adv.* 一夜之間

Our success is not won *overnight*.

☐ **overtake** (ˌovɚˈtek ) *v.* 趕上

It was easy for the police car to *overtake* the slow moving truck.

☐ **overthrow** (ˌovɚˈθro ) *v.* 推翻

The dictator was *overthrown* by the people.

☐ **owe** ( o ) *v.* 欠

You *owe* me four hundred dollars for the book I bought for you.

☐ **owl** ( aʊl ) *n.* 貓頭鷹

☐ **ownership** (ˈonɚˌʃɪp ) *n.* 所有權

The Browns had to show their deed to prove their *ownership* of the house.

☐ **oxygen** (ˈɑksədʒən ) *n.* 氧

# P p

□ **pace** 〔 pes 〕 *n.* 步調

Becky walked through the store at such a fast *pace* that I couldn't keep up with her.

□ **pad** 〔 pæd 〕 *n.* 墊子

I put a *pad* on the bench to make it more comfortable to sit on.

□ **pail** 〔 pel 〕 *n.* 桶

Diane carried a *pail* of water to the garden.

□ **painting** 〔 'pentɪŋ 〕 *n.* 畫

We saw many beautiful *paintings* in the gallery.

□ **pal** 〔 pæl 〕 *n.* 夥伴

Derek is one of my old *pals* from junior high.

□ **palace** (ˈpælɪs ) *n.* 皇宮

□ **palm** ( pɑm ) *n.* 手掌

The fortuneteller looked at the *palm* of
my hand and told me I would have a
happy life.

□ **pancake** (ˈpænˌkek ) *n.* 鬆餅；薄煎餅

□ **panel** (ˈpænl̩ ) *n.* 鑲板；小組

A *panel* of judges will choose the best
pie in the baking contest.

□ **panic** (ˈpænɪk ) *n.,v.* 恐慌

There was a *panic* when someone in the
theater shouted, "Fire!"

□ **parachute** (ˈpærəˌʃut ) *n.* 降落傘

The skydivers have a backup *parachute*
in case the first one doesn't open.

□ **parade** 〔 pə'red 〕 *n.* 遊行

The townspeople celebrate the festival with a *parade*.

□ **paradise** 〔'pærə,daɪs 〕 *n.* 天堂；樂園

Chris didn't like the beach, but I thought it was *paradise*.

□ **paragraph** 〔'pærə,græf 〕 *n.* 段落

Our assignment is to write a five-*paragraph* essay.

□ **parcel** 〔'pɑrs!〕 *n.* 包裹

Would you like to send this *parcel* by air or sea?

□ **partial** 〔'pɑrʃəl 〕 *adj.* 部分的

The police made a *partial* recovery of the stolen goods.

☐ **participate** 〔 pɑr'tɪsə,pet 〕 v. 參加
The others are playing cards but I
decided not to *participate*.

☐ **participle** 〔'pɑrtəsəpl̩ 〕 n. 分詞

☐ **particular** 〔 pə'tɪkjələ 〕 adj. 特別的
The historian has a *particular* interest in
the Middle Ages.

☐ **partnership** 〔'pɑrtnə,ʃɪp 〕 n. 合夥關係
Their *partnership* ended when they could
not agree on the best way to run the
business.

☐ **passage** 〔'pæsɪdʒ 〕 n. ( 一段 ) 文章；通行
The low tide prevents the *passage* of
boats in the harbor.

☐ **passion** 〔'pæʃən 〕 n. 熱情
Young people often have more *passion*
for politics than their elders.

□ **passive** (ˈpæsɪv) *adj.* 消極的；被動的

You should stand up for yourself instead of taking such a *passive* attitude.

□ **passport** (ˈpæsˌport) *n.* 護照

All foreigners were required to show their *passports* at the border.

□ **password** (ˈpæsˌwɜd) *n.* 密碼

In order to log on, you have to enter your *password*.

□ **pasta** (ˈpɑstə) *n.* 義大利麵

We decided to eat at the Italian place because we both felt like having *pasta*.

□ **pat** ( pæt ) *v.* 輕拍

The nurse *patted* my arm and told me not to worry.

□ **patience** (ˈpeʃəns) *n.* 耐心

□ **pave** ﹝pev﹞ v. 鋪（路）

The residents have asked the city to *pave* the dirt road.

□ **pavement** ﹝'pevmənt﹞ n. 人行道

Bobby fell off his bicycle and scraped his knee on the *pavement*.

□ **paw** ﹝pɔ﹞ n. 腳掌

Don't let the dog put its muddy *paws* on your clothes.

□ **payment** ﹝'pemənt﹞ n. 付款

*Payment* may be made in cash or with a charge card, but we don't accept checks.

□ **pea** ﹝pi﹞ n. 豌豆

□ **peak** ﹝pik﹞ n. 山峰

This is a high mountain and it will take two days of hiking to reach the *peak*.

☐ **peanut** (ˈpiˌnʌt ) *n.* 花生

Joe has to be careful of what he eats because he is allergic to *peanuts*.

☐ **pearl** ( pɝl ) *n.* 珍珠

The divers opened the oysters eagerly, hoping to find some *pearls*.

☐ **pebble** (ˈpɛbḷ ) *n.* 小圓石

Calvin walked along the lakeshore, picking up *pebbles* and throwing them into the water.

☐ **peculiar** ( pɪˈkjuljɚ ) *adj.* 獨特的；特有的

John has a *peculiar* way of speaking because he is not from around here.

☐ **pedal** (ˈpɛdḷ ) *n.* 踏板

Marty bought some new parts for his bike, including handlebars and *pedals*.

☐ **peel** 〔 pil 〕 v. 剝（皮）

You need to *peel* that fruit before eating it.

☐ **peep** 〔 pip 〕 v. 偷窺

The little girl *peeped* through the curtains at the visitors.

☐ **peer** 〔 pɪr 〕 v. 凝視；盯著看

Grandmother *peered* through her glasses at the stranger.

☐ **penalty** 〔'pɛnḷtɪ 〕 n. 刑罰

What is the *penalty* for speeding on this road?

☐ **penguin** 〔'pɛngwɪn 〕 n. 企鵝

☐ **penny** 〔'pɛnɪ 〕 n. 一分硬幣

☐ **per** 〔 pɚ , pɝ 〕 prep. 每…

Gas prices have risen by three dollars *per* liter.

□ **percent** 〔 pɚˈsɛnt 〕 n. 百分之…

Only thirty *percent* of the voters support the candidate, so it is unlikely that he will win the election.

□ **percentage** 〔 pɚˈsɛntɪdʒ 〕 n. 百分比

What *percentage* of the population is affected by the new law?

□ **perfection** 〔 pɚˈfɛkʃən 〕 n. 完美

No work of art can compare with the *perfection* of Mother Nature.

□ **perform** 〔 pɚˈfɔrm 〕 v. 表演；做；執行

James will *perform* the task of cleaning up after the party.

| per | + form |
|---|---|
| *thoroughly* | + 造形 ( 徹底地造形 ) |

□ **performance**〔pɚ'fɔrməns〕*n.* 表演

The actor's *performance* was worthy of an Oscar.

□ **perfume**〔'pɝfjum〕*n.* 香水

Many department stores offer customers free samples of *perfume*.

□ **permanent**〔'pɝmənənt〕*adj.* 永久的

The stain on the sofa is *permanent*.

□ **permission**〔pɚ'mɪʃən〕*n.* 許可

If you want to go on the class trip, you will have to get your parents' *permission*.

□ **permit**〔pɚ'mɪt〕*v.* 允許

My father does not *permit* me to drive his car.

□ **personality**〔,pɝsn̩'ælətɪ〕*n.* 個性

Dana has such a wonderful *personality* that everyone likes her.

□ **persuade** ( pɚ'swed ) *v.* 說服

The salesman *persuaded* me to buy the
TV by offering me a free gift.

□ **pessimistic** (ˌpɛsə'mɪstɪk ) *adj.* 悲觀的

Don't take such a *pessimistic* view of the
situation; maybe it will turn out all right
after all.

□ **pest** ( pɛst ) *n.* 害蟲；討厭的人

My little brother is a *pest* and keeps
interrupting me when I am on the phone.

□ **petal** ('pɛtḷ ) *n.* 花瓣

It is time to replace these flowers because
the *petals* are starting to wither.

□ **phenomenon** ( fə'nɑməˌnɑn ) *n.* 現象

A typhoon in January is a strange
*phenomenon*.

□ **philosopher** ( fə'lɑsəfɚ ) *n.* 哲學家

☐ **photograph** ('fotə,græf ) *n.* 照片

We asked the man to take a *photograph* of us in front of the Eiffel Tower.

| photo + graph |
| :---: |
| &#124;     &#124; |
| *light + write* |

【photograph = photo picture 】

☐ **phrase** ( frez ) *n.* 片語

☐ **physical** ('fɪzɪkl̩ ) *adj.* 身體的

Stress can affect both our *physical* and mental health.

【字尾是 ical，重音在倒數第三音節上】

☐ **physician** ( fə'zɪʃən ) *n.* 內科醫生

The *physician* gave the patient a complete checkup but could find nothing wrong with him.

☐ **physicist** ('fɪzəsɪst ) *n.* 物理學家

☐ **pianist** ( pɪ'ænɪst ) *n.* 鋼琴家

□ **pickle** (ˈpɪkl̩ ) *n.* 酸黃瓜；泡菜

□ **pickpocket** (ˈpɪkˌpɑkɪt ) *n.* 扒手
A *pickpocket* stole my wallet while I was in the crowded market.

□ **pilgrim** (ˈpɪlgrɪm ) *n.* 朝聖者
This is a sacred mountain and many *pilgrims* visit it every year.

□ **pill** ( pɪl ) *n.* 藥丸
The doctor gave me some *pills* for my headache.

□ **pilot** (ˈpaɪlət ) *n.* 飛行員

□ **pine** ( paɪn ) *n.* 松樹
We decided not to fell the *pine* in the front yard.

□ **ping-pong** (ˈpɪŋˌpɑŋ ) *n.* 乒乓球
I learned to play *ping-pong* when I was in elementary school.

□ **pioneer** 〔 ͵paɪəˈnɪr 〕 *n.* 先驅
Henry Ford was a *pioneer* in the automobile industry.

□ **pirate** 〔 ˈpaɪrət 〕 *n.* 海盜
*Pirates* attacked the ship and stole its cargo.

□ **pit** 〔 pɪt 〕 *n.* 洞
The thieves dug a *pit* in the woods and buried the stolen money in it.

□ **pitch** 〔 pɪtʃ 〕 *v.* 投擲　*n.* 音調
The coach told Ryan to *pitch* a fastball.

□ **pity** 〔 ˈpɪtɪ 〕 *n.* 同情；可惜的事
We felt *pity* for the poor people begging on the street.

□ **plastic** 〔 ˈplæstɪk 〕 *adj.* 塑膠的
The cup is *plastic*, so it won't break if you drop it.

□ **plentiful** 〔'plɛntɪfəl 〕 *adj.* 豐富的

There will be *plentiful* food and drink at the party.

□ **plenty** 〔'plɛntɪ 〕 *n.* 很多；充分

We have *plenty* of time to get to the theater before the one o'clock show.

□ **plot** 〔 plɑt 〕 *n.* 情節

The movie is so complicated that I cannot follow the *plot*.

□ **plug** 〔 plʌg 〕 *n.* 插頭；(塞住水管的) 塞子

Just put the *plug* in the drain if you want to fill the sink with water.

□ **plum** 〔 plʌm 〕 *n.* 梅子

□ **plumber** 〔'plʌmə 〕 *n.* 水管工人

The *plumber* was able to fix the leak in the pipe.

□ **plural** (ˈplʊrəl ) *n.* 複數

□ **poet** (ˈpo‧ɪt ) *n.* 詩人
You can find several books by the *poet* on the top shelf.

□ **poetry** (ˈpo‧ɪtrɪ ) *n.* 詩

□ **poisonous** (ˈpɔɪznəs ) *adj.* 有毒的
A section of the zoo was closed when a *poisonous* snake escaped its cage.

□ **pole** ( pol ) *n.* ( 南、北 ) 極
Both the North and South *Poles* are covered by ice.

□ **policy** (ˈpɑləsɪ ) *n.* 政策
Many people are unhappy with the country's trade *policy*.

□ **polish** (ˈpɑlɪʃ ) *v.* 擦亮
Please *polish* the floor after you wash it.

□ **political** 〔 pəˈlɪtɪkḷ 〕 *adj.* 政治的

The *political* structure of the country changed when a new constitution was written.

□ **poll** 〔 pol 〕 *n.* 民意調查

The most recent *poll* told the candidate that he was losing support.

□ **pony** 〔ˈponɪ 〕 *n.* 小馬

The children rode *ponies* around the farm.

□ **pop** 〔 pɑp 〕 *adj.* 流行的

Most young people are interested in *pop* music.

□ **popularity** 〔 ˌpɑpjəˈlærətɪ 〕 *n.* 受歡迎

Tim's *popularity* increased after he joined the basketball team.

☐ **port** 〔 port 〕 *n.* 港口

The ship will be in *port* until tomorrow morning.

☐ **portable** 〔'portəbḷ 〕 *adj.* 手提的

Lucy's parents gave her a *portable* CD player for her birthday.

☐ **porter** 〔'portɚ 〕 *n.* （行李）搬運員

We asked a *porter* to help us with our luggage.

☐ **portion** 〔'porʃən 〕 *n.* 部分

As it was my birthday, Mother gave me the largest *portion* of the cake.

☐ **portrait** 〔'portret 〕 *n.* 肖像

I had my *portrait* painted last year.

☐ **portray** 〔 por'tre 〕 *v.* 描繪

The movie *portrayed* life in colonial times very accurately.

☐ **pose**〔poz〕 *n.* 姿勢 *v.* 擺姿勢
The model sat in a relaxed *pose*.

☐ **position**〔pəˈzɪʃən〕 *n.* 位置
Someone removed the book from its *position* on the shelf.

☐ **positive**〔ˈpɑzətɪv〕 *adj.* 肯定的;樂觀的
Father gave me a *positive* answer when I asked him if I could go out on Saturday.

☐ **possession**〔pəˈzɛʃən〕 *n.* 所有物;財產
This ring is one of my mother's most valuable *possessions*.

☐ **possibility**〔ˌpɑsəˈbɪlətɪ〕 *n.* 可能性
There is a *possibility* that Dan won't be back in time.

☐ **post**〔post〕 *n.* 郵政;柱子 *v.* 張貼
The mailbox sits on a *post* by the side of the road.

□ **postage** (ˈpostɪdʒ) *n.* 郵資

*Postage* and insurance for the package
amounted to three hundred dollars.

□ **poster** (ˈpostɚ) *n.* 海報

I saw a *poster* advertising the new movie.

□ **postpone** (postˈpon) *v.* 延期

We decided to *postpone* the class reunion
until after the New Year holiday.

□ **pot** (pɑt) *n.* 鍋子

Beth waited for the water in the *pot* to
boil.

□ **potato** (pəˈteto) *n.* 馬鈴薯

□ **pottery** (ˈpɑtɚɪ) *n.* 陶器

Erica has made several mugs and bowls
in her *pottery* class.

□ **poultry** 〔'poltrɪ 〕 *n.* 家禽

The *poultry* farmer has over twenty thousand chickens.

□ **pour** 〔 por 〕 *v.* 傾倒；下傾盆大雨

Can I *pour* some tea for you?

□ **poverty** 〔'pɑvətɪ 〕 *n.* 貧窮

With neither parent working, the family lived in *poverty*.

□ **powerful** 〔'pɑʊəfəl 〕 *adj.* 強有力的；
強烈的

The *powerful* storm caused a great deal of damage to the town.

□ **practical** 〔'præktɪkl̩ 〕 *adj.* 實際的

Although he studied management in college, John does not have any *practical* experience.

☐ **prayer**〔 prɛr 〕 *n.* 祈禱文

The girl said a *prayer* in the church, asking for good health for her parents.

☐ **precise**〔 prɪ'saɪs 〕 *adj.* 精確的

Please tell me the *precise* cost of the tour.

☐ **predict**〔 prɪ'dɪkt 〕 *v.* 預測

A fortuneteller *predicted* that I would become rich late in life.

```
    pre  + dict
     |       |
  before + say （事情發生前先説）
```

☐ **prefer**〔 prɪ'fɝ 〕 *v.* 比較喜歡

Evan *prefers* home-cooked meals to fast food.【*prefer* A *to* B 比較喜歡 A，比較不喜歡 B】

☐ **pregnant**〔 'prɛgnənt 〕 *adj.* 懷孕的

Lisa announced that she was *pregnant* and that the baby was due in March.

□ **preparation** 〔ˌprɛpəˈreʃən〕 *n.* 準備
Without the proper *preparation* you have no hope of succeeding.

□ **preposition** 〔ˌprɛpəˈzɪʃən〕 *n.* 介系詞

□ **presence** 〔ˈprɛzn̩s〕 *n.* 出席；在場
I was surprised by your *presence* at the party.

□ **presentation** 〔ˌprɛzn̩ˈteʃən〕 *n.* 報告；
敘述；授與
I did not give that *presentation* at that meeting.

□ **preserve** 〔prɪˈzɝv〕 *v.* 保存
When we heard that the neighborhood would be torn down, we fought to *preserve* the old houses.

| pre | + serve |
|---|---|
| *before* + | *keep*（保持在以前的狀態） |

□ **press** ﹝ prɛs ﹞ v. 壓

We *pressed* the flowers between the
pages of the heavy book.

□ **pretend** ﹝ prɪ'tɛnd ﹞ v. 假裝

Steven *pretended* to be ill so that he
could stay home from school.

□ **prevent** ﹝ prɪ'vɛnt ﹞ v. 預防

Washing your hands frequently is one
way to *prevent* illness.

□ **previous** ﹝ 'privɪəs ﹞ *adj.* 先前的

First we reviewed what we had learned
in the *previous* lesson.

【字尾是 ious，重音在 ious 的前一個音節上】

□ **pride** ﹝ praɪd ﹞ *n.* 驕傲；自豪

Eleanor felt a sense of *pride* when she
finally overcame her fear.

□ **prime** 〔 praɪm 〕 *adj.* 主要的;最重要的;
上等的

Being on time for the interview is of
*prime* importance.

□ **primitive** 〔'prɪmətɪv 〕 *adj.* 原始的

Monkeys show their intelligence through
their use of *primitive* tools.

□ **principle** 〔'prɪnsəpl 〕 *n.* 原則

Equality is one of the basic *principles* of
democracy.

□ **printer** 〔'prɪntɚ 〕 *n.* 印表機

I'm afraid I can't give you a copy of the
paper now because the *printer* is out of
order.

□ **prison** 〔'prɪzṇ 〕 *n.* 監獄

The criminal was sentenced to twenty
years in *prison*.

□ **privacy**〔'praɪvəsɪ〕*n.* 隱私（權）

We draw the curtains at night for *privacy*.

□ **privilege**〔'prɪvlɪdʒ〕*n.* 特權

Leaving the campus during the lunch break is a *privilege* of senior students.

□ **probable**〔'prɑbəbl̩〕*adj.* 可能的

Bad weather is the *probable* cause of the delay.

□ **procedure**〔prə'sidʒɚ〕*n.* 程序

There is a simple *procedure* for buying the products online.

□ **proceed**〔prə'sid〕*v.* 繼續前進

After a brief stop at the station, the train *proceeded*.

☐ **process**〔'prɑsɛs〕*n.* 過程
The automatic ticket system has
simplified the *process* of buying
advance tickets.

☐ **producer**〔prə'djusɚ〕*n.* 生產者;製作人
The ABC Company is one of the largest
*producers* of steel.

☐ **product**〔'prɑdəkt〕*n.* 產品

☐ **profession**〔prə'fɛʃən〕*n.* 職業
My uncle is a musician by *profession*.

☐ **profit**〔'prɑfɪt〕*n.* 利潤
Although business was slow, we still
made a small *profit*.

☐ **prominent**〔'prɑmənənt〕*adj.* 傑出的;
有名的;重要的
The Empire State Building is one of the
most *prominent* buildings in the New
York City skyline.

□ **promising** (ˈprɑmɪsɪŋ) *adj.* 有前途的

Jim is a *promising* young violinist and with enough practice he could become a professional.

□ **promote** ( prəˈmot ) *v.* 升遷；提倡

Jason, an assistant manager, hopes to be *promoted* to manager this year.

| pro | + mote |
|-----|--------|
| forward | + move |

□ **prompt** ( prɑmpt ) *adj.* 迅速的

We were warned to be *prompt* for the meeting as it always starts on time.

□ **pronoun** (ˈpronaʊn) *n.* 代名詞

□ **pronunciation** ( prəˌnʌnsɪˈeʃən ) *n.* 發音

I can read the word, but I don't know its *pronunciation*.

【動詞 pro**noun**ce ( prəˈnaʊns ) *v.* 發音，和名詞 pro**nun**ciation，拼法不一樣，要特別注意】

□ **proof** 〔 pruf 〕 *n.* 證據

Michael offered the ticket stub as *proof*
that he had gone to see the movie last
night.

□ **proper** 〔'prapɚ 〕 *adj.* 適當的

What would be a *proper* gift for my
hostess? 〔 proper = appropriate = suitable 〕

□ **property** 〔'prapɚtɪ 〕 *n.* 財產；所有物

I suggest you look for your briefcase in
the Lost *Property* room.

□ **proposal** 〔 prə'pozḷ 〕 *n.* 提議

We were against William's *proposal*
because it was impracticable.

□ **prosperity** 〔 pras'pɛrətɪ 〕 *n.* 繁榮；成功

All the other shopkeepers envy the
*prosperity* of Mr. Smith's store.

☐ **protection** ﹝ prə'tɛkʃən ﹞ *n.* 保護

Please fasten your seatbelt for your own *protection*.

☐ **protein** ﹝'protiin ﹞ *n.* 蛋白質

Foods such as eggs are high in *protein*.

☐ **protest** ﹝ prə'tɛst ﹞ *v.* 抗議

The residents *protested* when the park was closed.

☐ **prove** ﹝ pruv ﹞ *v.* 證明

Without his receipt, Todd could not *prove* that he had bought the shirt at that store.

☐ **proverb** ﹝'pravɜb ﹞ *n.* 諺語

My father often quotes a *proverb* to make his point.

□ **psychology** ( saɪˈkɑlədʒɪ ) *n.* 心理學

□ **pub** ( pʌb ) *n.* 酒吧
Thomas likes to stop at the *pub* for a
beer with friends after work.

□ **publicity** ( pʌbˈlɪsətɪ ) *n.* 知名度；宣傳
Due to all the *publicity*, there are few
people who have not heard of the
movie.

□ **publish** (ˈpʌblɪʃ ) *v.* 出版
Ethan has written three books, but none
of them have been *published*.

□ **pudding** (ˈpʊdɪŋ ) *n.* 布丁
For dessert we had a simple chocolate
*pudding*.

□ **punch** ( pʌntʃ ) *v.* 用拳頭打
Arthur was winning the fight until the
other boy *punched* him in the nose.

☐ **punctual** (ˋpʌŋktʃʊəl ) *adj.* 準時的

The train made a *punctual* arrival at 11:13.

☐ **punishment** (ˋpʌnɪʃmənt ) *n.* 處罰

Terry was late for school again, and she was made to clean the classroom as a *punishment*.

☐ **pupil** (ˋpjupḷ ) *n.* 學生

Mrs. Clark taught her *pupils* a new song in music class today.

☐ **puppet** (ˋpʌpɪt ) *n.* 木偶;傀儡

The *puppet* is controlled by strings attached to its arms and legs.

☐ **purchase** (ˋpɝtʃəs ) *v.* 購買

When his computer crashed again, Phil decided to *purchase* a new one.

☐ **pure** ( pjʊr ) *adj.* 純粹的

The piece of old jewelry was found to be made of *pure* gold.

☐ **pursue** 〔pə'su〕 v. 追求;追捕

Police *pursued* the bank robbers on foot.

# Q q

☐ **quake** 〔kwek〕 n. 地震 ( = *earthquake* )

The strong *quake* caused extensive
damage to the downtown area.

☐ **quality** 〔'kwɑlətɪ〕 n. 品質;特質

Confidence is an important *quality* for
anyone who hopes to become a leader.

☐ **quantity** 〔'kwɑntətɪ〕 n. 數量

Just enter the product code and the
*quantity* you want, and we will process
your order.

☐ **quarrel** 〔'kwɔrəl〕 v.,n. 爭吵

The children often *quarrel* over what to
watch on TV.

□ **queer** 〔 kwɪr 〕 *adj.* 奇怪的

I had a *queer* feeling when I saw the spooky old house.

□ **quilt** 〔 kwɪlt 〕 *n.* 棉被

Now that winter is over we can put the *quilts* away until next year.

□ **quote** 〔 kwot 〕 *v.* 引用…的話

The reporter asked if he could *quote* the president.

# R r

□ **racial** 〔'reʃəl 〕 *adj.* 種族的

The company was accused of *racial* discrimination when it did not give the job to the best candidate, who was black.

□ **radar** 〔'redɑr 〕 *n.* 雷達

□ **rag** 〔 ræg 〕 *n.* 破布

☐ **rage** 〔 redʒ 〕 *n.* 憤怒

Dad was in a *rage* when he found out I
failed chemistry.

☐ **rainfall** 〔'ren,fɔl 〕 *n.* 降雨（量）

☐ **raisin** 〔'rezn̩ 〕 *n.* 葡萄乾

☐ **range** 〔 rendʒ 〕 *n.* 範圍

I usually score within a *range* of 80 to
90 points on the weekly test.

☐ **rank** 〔 ræŋk 〕 *n.* 階級

☐ **rapid** 〔'ræpɪd 〕 *adj.* 迅速的

Julia has made *rapid* progress in her
Japanese class.

☐ **rate** 〔 ret 〕 *n.* 速度；比率

We will never get there at this *rate* of
speed.

□ **raw** 〔 rɔ 〕 *adj.* 生的

Put that *raw* meat into the refrigerator until we are ready to cook it.

□ **ray** 〔 re 〕 *n.* 光線

A *ray* of sunshine came through the curtains and woke me up.

□ **razor** 〔'rezɚ 〕 *n.* 剃刀

□ **react** 〔 rɪ'ækt 〕 *v.* 反應

When someone yelled fire, the audience *reacted* by running for the exits.

【 re + act = react 】

□ **realistic** 〔 ˌriə'lɪstɪk 〕 *adj.* 實際的

Harry is not a daydreamer; he always takes a *realistic* view of things.

□ **reality** 〔 rɪ'ælətɪ 〕 *n.* 事實

Diane said that she is 30, but the *reality* is that she is 35.

□ **reasonable** (ˈriznəbḷ) *adj.* 合理的；
理性的

Amy is a *reasonable* person, so I suggest
you talk the problem over with her.

□ **rebel** (rɪˈbɛl) *v.* 反抗

Marsha's parents forbade her to go to
the concert, but she *rebelled* and went
anyway.

□ **recall** (rɪˈkɔl) *v.* 想起；召回

I know his face, but I can't *recall* his
name.

□ **receipt** (rɪˈsit) *n.* 收據

Be sure to ask for a *receipt* whenever
you buy something.

□ **receiver** (rɪˈsivɚ) *n.* 聽筒；接收機

We tuned the radio *receiver* to our
favorite station.

□ **recent**〔'risn̩t〕*adj.* 最近的；新的

Please show me the most *recent* cell phone models.

□ **reception**〔rɪ'sɛpʃən〕*n.* 接待；接待會

Let's give our guests a friendly *reception*.

□ **recipe**〔'rɛsəpɪ〕*n.* 烹飪法；食譜

I found this *recipe* in a cookbook.

□ **recite**〔rɪ'saɪt〕*v.* 背誦；朗誦

The students were asked to *recite* the poem they had learned the day before.

□ **recognize**〔'rɛkəɡ,naɪz〕*v.* 認得

I *recognize* this piece of music but I can't remember where I heard it before.

□ **recovery**〔rɪ'kʌvərɪ〕*n.* 恢復；尋回

We were pleased by the *recovery* of the stolen jewels.

□ **recreation** (ˌrɛkrɪˈeʃən ) *n.* 娛樂

It is important to set aside some time for *recreation*, even when you are very busy.

```
re    + creation
 |        |
again +  創造（娛樂的目的，就是再創造）
```

□ **reduce** ( rɪˈdjus ) *v.* 減少

【reduce = decrease = lessen = diminish】

□ **reduction** ( rɪˈdʌkʃən ) *n.* 折扣；減少

The store announced a *reduction* in the price of all home appliances.

□ **refer** ( rɪˈfɝ ) *v.* 是指；提及；參考

When John was talking about the department's best professor, he was *referring* to his own father.

【*refer to* 是指；提及；參考】

□ **reflect** ( rɪˈflɛkt ) *v.* 反射；反映

The water of the lake was so still that it *reflected* the clouds above.

□ **reform** 〔 rɪ'fɔrm 〕 v. 改革

As the program has not been successful,
I think we should *reform* it.

□ **refresh** 〔 rɪ'frɛʃ 〕 v. 使恢復活力

A cold drink will *refresh* you after your
long walk.

□ **refugee** 〔 ˌrɛfju'dʒi 〕 n. 難民

The *refugees* have been relocated to
homes in other countries.

□ **refusal** 〔 rɪ'fjuzl̩ 〕 n. 拒絕

Frank was annoyed by his sister's *refusal*
to let him use her CD player.

□ **regard** 〔 rɪ'gɑrd 〕 v. 認為

My father *regards* computer games as a
waste of time.

【*regard* A *as* B = *consider* A (*to be*) B 「認為
A 是 B」很常考】

□ **regarding** 〔rɪˈgɑrdɪŋ〕 *prep.* 關於

I spoke to Marie *regarding* the meeting.

□ **region** 〔ˈridʒən〕 *n.* 地區

□ **register** 〔ˈrɛdʒɪstɚ〕 *v.* 登記；註冊

Students should *register* for classes by
the end of this month.

□ **regulate** 〔ˈrɛgjəˌlet〕 *v.* 管制

The government *regulates* the price of
telephone services to prevent
overcharging.

□ **rehearsal** 〔rɪˈhɝsl̩〕 *n.* 排演

The play opens tomorrow, so this is our
final *rehearsal*.

□ **rejection** 〔rɪˈdʒɛkʃən〕 *n.* 拒絕；退回

Arthur was disappointed by the
publisher's *rejection* of his novel.

□ **relate** 〔 rɪ'let 〕 v. 使有關聯;敘述

During dinner, Timmy *related* everything he had done that day.

□ **relation** 〔 rɪ'leʃən 〕 n. 關聯

The researchers are studying the *relation* between weather and mood.

□ **relax** 〔 rɪ'læks 〕 v. 放鬆

Edith likes to *relax* for a while after she returns from work.

□ **release** 〔 rɪ'lis 〕 v. 釋放

The captured bear was *released* in the woods far from any town.

□ **reliable** 〔 rɪ'laɪəbḷ 〕 adj. 可靠的

Dorothy wants to buy a *reliable* car that won't break down.

□ **relief** 〔 rɪ'lif 〕 n. 放心;鬆了一口氣

We all felt a sense of *relief* after the big exam.

□ **relieve** 〔 rɪˈliv 〕 v. 減輕；使放心

The nurse gave me some medication to *relieve* the pain.

□ **religion** 〔 rɪˈlɪdʒən 〕 n. 宗教

> region 〔ˈridʒən〕 n. 地區
> religion 〔rɪˈlɪdʒən〕 n. 宗教

□ **reluctant** 〔 rɪˈlʌktənt 〕 adj. 不情願的

Although Tammy was *reluctant* to take the swimming class, she did anyway.

□ **rely** 〔 rɪˈlaɪ 〕 v. 依賴；信賴

Samantha has broken her word so many times that I feel I can no longer *rely* on her.

□ **remain** 〔 rɪˈmen 〕 v. 仍然；留下

The naughty boys were told to *remain* after class.

☐ **remark** 〔 rɪ'mɑrk 〕 *n.* 評論；話

Dennis made an unkind *remark* about
Ellen's dress.

【 re + mark ( 記號 ) = remark 】

☐ **remarkable** 〔 rɪ'mɑrkəbḷ 〕 *adj.* 驚人的

Considering her age, it is *remarkable*
how talented she is.

☐ **remedy** 〔 'rɛmədɪ 〕 *n.* 治療法；
補救 ( 方法 )

The tea is a good *remedy* for a sore throat.

☐ **remote** 〔 rɪ'mot 〕 *adj.* 遙遠的；偏僻的

People living in this *remote* village do
not often see visitors.

☐ **remove** 〔 rɪ'muv 〕 *v.* 除去；撤走

When we had finished our meal, the
waiter *removed* the plates.

【 re + move ( 移動 ) = remove 】

□ **renew** 〔 rɪ'nju 〕 *v.* 更新;續訂

We liked the magazine so much that we decided to *renew* our subscription for another year.

□ **repetition** 〔 ,rɛpɪ'tɪʃən 〕 *n.* 重覆;重做

We were impressed by Danny's card trick and asked for a *repetition* of it.

□ **replace** 〔 rɪ'ples 〕 *v.* 取代;更換

This carpet is worn out and will have to be *replaced*.

□ **reply** 〔 rɪ'plaɪ 〕 *v.* 回答;回覆

I wrote Melissa a letter last month, but she hasn't *replied* yet.

□ **represent** 〔 ,rɛprɪ'zɛnt 〕 *v.* 代表

Barney was chosen to *represent* his school in the table tennis competition.

【 re + present ( 贈送 ) = represent 】

☐ **representation** 〔,rɛprɪzɛn'teʃən 〕 *n.*
代表；描繪

We were impressed by the artist's
*representation* of the mountain scenery.

☐ **republic** 〔 rɪ'pʌblɪk 〕 *n.* 共和國

As the country is a *republic*, the king is
no longer the head of state.

☐ **reputation** 〔,rɛpjə'teʃən 〕 *n.* 名聲

The scandal has damaged the senator's
*reputation*.

☐ **request** 〔 rɪ'kwɛst 〕 *v.* 要求；請求

We went to the tourist office and
*requested* some information about the
local sights.

☐ **require** 〔 rɪ'kwaɪr 〕 *v.* 需要；要求

In my school, all students are *required*
to pass a swimming test.

【require-inquire-acquire 這三個字要一起背】

☐ **rescue** (ˈrɛskju ) v. 拯救

Firefighters *rescued* the residents of the burning building.

☐ **research** ( rɪˈsɝtʃ, ˈrisɝtʃ ) v. 研究

The doctor is *researching* the link between eating habits and diabetes.

| re | + search |
|----|----|
| *again* + | 尋找（不停地尋找，就是「研究」） |

☐ **resemble** ( rɪˈzɛmbḷ ) v. 像

The brothers do not *resemble* each other very much.

☐ **reserve** ( rɪˈzɝv ) v. 預訂；保留

We are *reserving* this bottle of champagne for New Year's Eve.

☐ **resign** ( rɪˈzaɪn ) v. 辭職

When Chris did not get the promotion he decided to *resign* and look for another job.

□ **resist** ﹝ rɪ'zɪst ﹞ *v.* 抵抗；抗拒

Peter *resisted* Jeanette's efforts to get him on the dance floor at first, but then he gave in.

```
        re    + sist
        |        |
    against + stand
```

□ **resolve** ﹝ rɪ'zɑlv ﹞ *v.* 決心；決定

Greg *resolved* to speak to his boss about a promotion.

□ **resource** ﹝ rɪ'sors ﹞ *n.* 資源

Students today have many *resources* available to them, including the Internet and the school library.

□ **respectful** ﹝ rɪ'spɛktfəl ﹞ *adj.* 恭敬的

Although we did not agree with the speaker, we listened with *respectful* attention.

□ **respond** 〔 rɪ'spɑnd 〕 *v.* 回答；回應

Amelia wrote to her favorite singer and was disappointed when he did not *respond* to her letter.

□ **responsibility** 〔 rɪ,spɑnsə'bɪlətɪ 〕 *n.* 責任

Taking out the garbage is my brother's *responsibility*.

□ **restore** 〔 rɪ'stor 〕 *v.* 恢復

The old building was *restored* to its original condition and opened as a museum.

□ **restrict** 〔 rɪ'strɪkt 〕 *v.* 限制

Traffic is *restricted* to 40 kph on this road.
【 restrict = limit = confine 】

□ **retain** 〔 rɪ'ten 〕 *v.* 保留；保持

Despite almost certain failure, Jody *retained* her positive attitude.

□ **retire** 〔 rɪˈtaɪr 〕 v. 退休

Mr. Goodman hopes to *retire* early, at the age of fifty.

□ **retreat** 〔 rɪˈtrit 〕 v. 撤退

I waved a stick at the growling dog and it *retreated*.

□ **reunion** 〔 riˈjunjən 〕 n. 團聚；同學會

Our class will hold its ten-year *reunion* next month.

□ **reveal** 〔 rɪˈvil 〕 v. 顯示；透露

My best friend told me a secret and I promised not to *reveal* it.

□ **revenge** 〔 rɪˈvɛndʒ 〕 n. 報復

After his sister smashed his CD player, Alex broke her radio in *revenge*.

☐ **revision** 〔 rɪ'vɪʒən 〕 *n.* 修正;修訂
Your essay needs a great deal of *revision* before it will be good enough to hand in.

☐ **revolution** 〔 ‚rɛvə'luʃən 〕 *n.* 革命
A new government was installed after the *revolution*.

☐ **reward** 〔 rɪ'wɔrd 〕 *n.* 報酬;獎賞
When Robert got straight A's his parents gave him a new computer game as a *reward*.

☐ **rhyme** 〔 raɪm 〕 *v.* 押韻
Not all poems *rhyme*.

☐ **rhythm** 〔 'rɪðəm 〕 *n.* 節奏
Dennis was not successful as a drummer because he couldn't match the *rhythm* of the rest of the band.

☐ **ribbon** 〔 'rɪbən 〕 *n.* 絲帶;緞帶

☐ **riches** (ˈrɪtʃɪz) *n. pl.* 財富

Patty dreamed of the *riches* she would enjoy if she won the lottery.

☐ **rid** ( rɪd ) *v.* 除去

It took us all day to *rid* the garden of weeds. 【*rid* A *of* B 除去 A 中的 B 】

☐ **riddle** (ˈrɪdḷ) *n.* 謎語

We could not solve the *riddle* and asked Clara to tell us the answer.

☐ **ridiculous** ( rɪˈdɪkjələs ) *adj.* 可笑的

The clown looked *ridiculous* in his big shoes and false nose.

☐ **ripe** ( raɪp ) *adj.* 成熟的

We will pick the peaches as soon as they are *ripe*.

☐ **risk** 〔 rɪsk 〕 *n.* 風險

Horace took a big *risk* when he invested all of his money in that new company.

☐ **roar** 〔 ror 〕 *v.* 吼叫

The crowd *roared* when the winning goal was made.【roar 這個字唸起來就像在怒吼】

☐ **roast** 〔 rost 〕 *v.* 烤

We *roasted* the meat on an open fire.

☐ **robber** 〔 'rabɚ 〕 *n.* 強盜

The *robber* wore a mask so that no one would be able to identify him.

☐ **robe** 〔 rob 〕 *n.* 長袍

Rachel put on a *robe* after her shower.

☐ **rocket** 〔 'rakɪt 〕 *n.* 火箭

☐ **romantic** 〔 ro'mæntɪk 〕 *adj.* 浪漫的

Ellen and Dave enjoyed a *romantic* dinner on Valentine's Day.

□ **rooster** (ˈrustə ) *n.* 公雞

□ **rot** ( rɑt ) *v.* 腐爛
If you leave the wood out in the rain, it will eventually *rot*.

□ **rough** ( rʌf ) *adj.* 粗糙的
This *rough* material irritates my skin.

□ **route** ( rut ) *n.* 路線
There are several stops along this bus *route*.

□ **routine** ( ruˈtin ) *n.* 例行公事；慣例
Ted decided to change his *routine* and take a walk after dinner rather than watch TV.

□ **royal** (ˈrɔɪəl ) *adj.* 皇家的
The prince is part of the *royal* family.

□ **rug** ( rʌg ) *n.* ( 小型 ) 地毯
The dog prefers to lie on the *rug* rather than the cold floor.

□ **rumor** (ˈrumɚ) *n.* 謠言;傳聞

There is no truth to the *rumor* that
Marty is getting married.

□ **runner** (ˈrʌnɚ) *n.* 跑者

□ **rural** (ˈrʊrəl) *adj.* 鄉村的

There is not much traffic on these *rural*
roads.

□ **rust** (rʌst) *v.* 生銹

If you leave your bicycle outside, it
may *rust*.

# S s

□ **sack** (sæk) *n.* 一大袋(的份量)

I went to the supermarket for some milk
and a *sack* of potatoes.

□ **sacrifice** (ˈsækrəˌfaɪs) *v. n.* 犧牲

Joe had to *sacrifice* much of his free time
in order to get the work done on time.

☐ **sake** 〔 sek 〕 *n.* 緣故

For your mother's *sake*, please apologize to your sister.

☐ **salary** 〔'sælərɪ 〕 *n.* 薪水

☐ **satellite** 〔'sætḷˏaɪt 〕 *n.* ( 人造 ) 衛星

Thanks to *satellites*, we can communicate with someone on the other side of the world instantly.

☐ **satisfaction** 〔ˏsætɪs'fækʃən 〕 *n.* 滿意

Jerry felt a sense of *satisfaction* when he finally finished painting the porch.

☐ **sauce** 〔 sɔs 〕 *n.* 醬；調味汁

That ice cream will taste much better with some chocolate *sauce* on it.

☐ **sausage** 〔'sɔsɪdʒ 〕 *n.* 香腸

□ **saving** (ˈsevɪŋ) *n.* 節省；(*pl.*) 儲蓄

With the discount coupon, you will enjoy a *saving* of fifty dollars.

□ **saw** (sɔ) *n.* 鋸子

□ **scale** (skel) *n.* 比例；規模

The map was drawn at a *scale* of 1:100,000.

□ **scarce** (skɛrs) *adj.* 稀少的

The endangered animal has become *scarce* in its natural habitat.

> scare (skɛr) *v.* 使害怕
> scarce (skɛrs) *adj.* 稀少的

□ **scarcely** (ˈskɛrslɪ) *adv.* 幾乎不

My sister *scarcely* knows how to turn on a computer let alone program one.

☐ **scare** 〔 skɛr 〕 v. 使害怕

Rex tried to *scare* the children by telling them ghost stories.

☐ **scarecrow** 〔'skɛr,kro 〕 n. 稻草人

We put a *scarecrow* in the cornfield to frighten away birds.

☐ **scatter** 〔'skætɚ 〕 v. 散播；撒播

After you have prepared the soil, *scatter* the seeds and then water the field.

☐ **schedule** 〔'skɛdʒʊl 〕 n. 時間表

☐ **scholar** 〔'skɑlɚ 〕 n. 學者

【一般說來，字尾是 ar，都不是什麼好人，像 liar
（說謊者），burglar（夜賊），beggar（乞丐），
scholar（學者），讀書人壞起來，更可怕。】

☐ **scholarship** 〔'skɑlɚ,ʃɪp 〕 n. 獎學金

☐ **scientific** 〔,saɪən'tɪfɪk 〕 *adj.* 科學的

Eugene does not believe in superstitions because they are not based on *scientific* facts.

☐ **scissors** 〔'sɪzɚz 〕 *n. pl.* 剪刀

I need a pair of *scissors* to cut this string.

☐ **scold** 〔 skold 〕 *v.* 責罵

Lucy was *scolded* by her mother because she forgot to take out the trash.

☐ **scoop** 〔 skup 〕 *v.* 舀取;挖取 *n.* 獨家新聞

Maggie *scooped* the ice cream from the carton into the bowls.

☐ **scout** 〔 skaʊt 〕 *v.* 偵察

One soldier was sent ahead to *scout* the terrain.

☐ **scratch** 〔 skrætʃ 〕 *v.* 抓;搔

If you *scratch* the mosquito bite, it will only itch more.

☐ **scream** 〔 skrim 〕 v. 尖叫

☐ **screw** 〔 skru 〕 n. 螺絲

The cover of the DVD player is held in place with four *screws*.

☐ **screwdriver** 〔'skru,draɪvɚ 〕 n. 螺絲起子

☐ **scrub** 〔 skrʌb 〕 v. 刷洗

No matter how hard she *scrubbed,* Alice could not get the stain out of the carpet.

☐ **sculpture** 〔'skʌlptʃɚ 〕 n. 雕刻

☐ **seal** 〔 sil 〕 v. 封住  n. 海豹

The letter was *sealed* with wax.

☐ **security** 〔 sɪ'kjʊrətɪ 〕 n. 安全（措施）

The *security* at most airports has been very tight since the terrorist attacks.

【字尾是 ity，重音在倒數第三音節上】

□ **seize** ﹝ siz ﹞ v. 抓住；扣押

The police *seized* several kilos of drugs when they searched the house.

□ **selection** ﹝ sə'lɛkʃən ﹞ n. 選擇

After browsing in the bookstore for an hour, Cindy finally made a *selection*.

□ **self** ﹝ sɛlf ﹞ n. 自己

Jack has changed so much that he is nothing like his former *self*.

□ **senior** ﹝ 'sinjə ﹞ adj. 資深的

Ms. Lin is the *senior* flight attendant, so if you have any questions, you can consult her.

□ **sensible** ﹝ 'sɛnsəbḷ ﹞ adj. 明智的

Realizing she had a bad cold, Dana did the *sensible* thing and stayed at home.

☐ **sensitive** 〔'sɛnsətɪv〕 *adj.* 敏感的；靈敏的

The microphone is very *sensitive* and can pick up even the slightest sound.

☐ **separate** 〔'sɛpə,ret〕 *v.* 使分開

You should *separate* your clothes into dark and light before you wash them.

☐ **settle** 〔'sɛtl̩〕 *v.* 定居

After moving from one city to another for several years, Mike decided to *settle* in Chicago.

☐ **severe** 〔sə'vɪr〕 *adj.* 嚴格的；嚴重的

The pain in his back was so *severe* that Tom could not even stand up.

☐ **sew** 〔so〕 *v.* 縫紉

Rather than buy her son a Halloween costume, Betty decided to *sew* one herself.

□ **sex** ﹝ sɛks ﹞ *n.* 性；性別

□ **shade** ﹝ ʃed ﹞ *n.* 陰涼處
The sun was so hot that we decided to sit in the *shade* of this tree.

□ **shadow** ﹝'ʃædo ﹞ *n.* 影子

□ **shallow** ﹝'ʃælo ﹞ *adj.* 淺的
Children are restricted to the *shallow* end of the swimming pool.

□ **shame** ﹝ ʃem ﹞ *n.* 恥辱；丟臉
Evan found it difficult to bear the *shame* of bankruptcy.

□ **shampoo** ﹝ ʃæm'pu ﹞ *n.* 洗髮精

□ **shave** ﹝ ʃev ﹞ *v.* 刮（鬍子）
Lenny asked the barber to *shave* off his beard.

□ **shell** ﹝ ʃɛl ﹞ *n.* 貝殼

□ **shelter** (ˈʃɛltɚ) *n.* 避難所

The Red Cross provided food and *shelter* to the victims of the earthquake.

□ **shepherd** (ˈʃɛpɚd) *n.* 牧羊人

□ **shift** (ʃɪft) *v.* 改變;轉移  *n.* 輪班

We will *shift* our marketing department to the New York office next month.

□ **shiny** (ˈʃaɪnɪ) *adj.* 閃亮的

□ **shock** (ʃɑk) *n.* 震驚  *v.* 使震驚

It was a terrible *shock* to find the painting had been stolen.

□ **shortly** (ˈʃɔrtlɪ) *adv.* 不久

As we will be landing *shortly*, please return to your seats and fasten your seatbelts.

□ **shortsighted** (ˈʃɔrtˈsaɪtɪd) *adj.* 近視的
( = *nearsighted* )

☐ **shot** 〔 ʃɑt 〕 *n.* 射擊;槍聲

Tony called the police after he heard
several *shots*.

☐ **shovel** 〔 'ʃʌvḷ 〕 *n.* 鏟子

☐ **shrink** 〔 ʃrɪŋk 〕 *v.* 縮水

If you put this sweater in the dryer, it
will probably *shrink*.

☐ **shrug** 〔 ʃrʌg 〕 *v.* 聳(肩)

Peter *shrugged* his shoulders to indicated
that he didn't know.

☐ **shuttle** 〔 'ʃʌtḷ 〕 *adj.* 定期往返的;區間的

There is a *shuttle* bus to the airport every
half hour.

☐ **sigh** 〔 saɪ 〕 *n. v.* 嘆氣

After a long day of shopping, the girls
sat down with a *sigh*.

☐ **sightsee**〔'saɪt,si〕*v.* 觀光

We would like do some *sightseeing* while we are in Paris.

☐ **signal**〔'sɪgṇḷ〕*n.* 信號

☐ **signature**〔'sɪgnətʃə〕*n.* 簽名

☐ **significant**〔sɪg'nɪfəkənt〕*adj.* 意義重大的；相當大的

Jeremy has made *significant* progress in the last week.

【背這個字，先背 sign「簽名」，有簽名的，表示「意義重大的」】

☐ **silk**〔sɪlk〕*n.* 絲

☐ **similarity**〔,sɪmə'lærətɪ〕*n.* 相似之處

There is some *similarity* between the two products, but they are not exactly the same.

☐ **simply**〔'sɪmplɪ〕*adv.* 只是；的確

Tina is *simply* too young to stay at home by herself.

☐ **sin**〔sɪn〕*n.* 罪惡

Not all religions agree on what is a *sin* and what isn't.

☐ **sincerity**〔sɪn'sɛrətɪ〕*n.* 眞誠

The man told me he was collecting money for charity, but I was not convinced of his *sincerity*.

☐ **singular**〔'sɪŋgjələ〕*adj.* 單數的；罕見的

The word "you" can be *singular* or plural.

☐ **sip**〔sɪp〕*n.* 一口；啜飲

Not sure that he would like it, Harry took only a small *sip* of the wine.

☐ **site**〔saɪt〕*n.* 地點

□ **situation** 〔 ˌsɪtʃʊ'eʃən 〕 *n.* 情況

When Clara realized she had no money with which to pay the bill, she had no idea how to handle the *situation*.

□ **sketch** 〔 skɛtʃ 〕 *n.* 素描；草圖

My art teacher suggested that I make a *sketch* before beginning to paint.

□ **skip** 〔 skɪp 〕 *v.* 略過；跳過；省去（某餐）不吃；翹（課）

Since chapter three in your book is not relevant to this course, we are going to *skip* it.

□ **skyscraper** 〔'skaɪˌskrepə 〕 *n.* 摩天大樓

□ **slave** 〔 slev 〕 *n.* 奴隸

□ **sleeve** 〔 sliv 〕 *n.* 袖子

□ **slice** 〔 slaɪs 〕 *n.* （一）片

With some meat, vegetables and two *slices* of bread, you can make a sandwich.

□ **slight** 〔 slaɪt 〕 *adj.* 輕微的;少許的

Although they have only a *slight* chance of winning, many people buy lottery tickets.

□ **slip** 〔 slɪp 〕 *v.* 滑倒

Agnes *slipped* on the wet floor and fell down.

□ **slogan** 〔'slogən 〕 *n.* 標語;口號

The advertising agency has thought up a new *slogan* for our product.

□ **slope** 〔 slop 〕 *n.* 斜坡

Although he is just a beginner, Keith was able to ski down the *slope* without falling.

□ **smog** 〔 smɑg 〕 *n.* 煙霧

□ **smooth** 〔 smuð 〕 *adj.* 平滑的

☐ **snap** 〔 snæp 〕 *v.* 啪的一聲折斷

Damian pressed down so hard with his pencil that it *snapped*.

☐ **sneeze** 〔 sniz 〕 *v.* 打噴嚏

☐ **sob** 〔 sab 〕 *v.* 啜泣

Melissa *sobbed* when her pet dog disappeared.

☐ **socket** 〔 'sakɪt 〕 *n.* 燈座；插座

The lamp didn't go on because there is no bulb in the *socket*.

☐ **soft** 〔 sɔft 〕 *adj.* 柔軟的

☐ **software** 〔 'sɔft,wɛr 〕 *n.* 軟體

☐ **soil** 〔 sɔɪl 〕 *n.* 土壤

☐ **solar** 〔 'solɚ 〕 *adj.* 太陽的

Many religious groups calculate festivals according to a lunar rather than *solar* calendar.

□ **solid**〔'salɪd〕*adj.* 固體的；實心的

The table is heavy because it is a *solid* block of wood.

【古時候賣（sold）金子，要實在（solid），否則會被砍斷手】

□ **solution**〔sə'luʃən〕*n.* 解決之道

Try as he might, Ned could not find a *solution* to the problem.

□ **someday**〔'sʌm,de〕*adv.* 將來有一天

If you keep trying, you are bound to succeed *someday*.

□ **somehow**〔'sʌm,haʊ〕*adv.* 以某種方法；設法；不知道為什麼

The buses are not running today, but Jill still got to the office *somehow*.

□ **sometime**〔'sʌm,taɪm〕*adv.* 某時

I'll call Joe *sometime* tomorrow.

☐ **somewhat** ( 'sʌm,hwɑt ) *adv.* 有一點

Gloria was *somewhat* disappointed with the meal and decided not to go to that restaurant again.

☐ **sophomore** ( 'sɑfm̩,or ) *n.* 大二學生

☐ **sorrow** ( 'sɑro ) *n.* 悲傷

A good friend will comfort you in times of *sorrow*.

☐ **sort** ( sɔrt ) *n.* 種類 ( = *kind* )

☐ **source** ( sors ) *n.* 來源；源頭

The *source* of the river is a spring high in the mountains.

【re + source = resource ( 資源 )】

☐ **southern** ( 'sʌðən ) *adj.* 南方的

☐ **souvenir** ( ,suvə'nɪr ) *n.* 紀念品

☐ **soybean** ( 'sɔɪ,bin ) *n.* 大豆

☐ **spade**〔sped〕*n.* 鏟子

☐ **spare**〔spɛr〕*adj.* 備用的；空閒的
Glen got a flat tire on the way here, but
luckily he had a *spare* one in the trunk.

☐ **spark**〔spark〕*n.* 火花

☐ **sparkle**〔'sparkḷ〕*n. v.* 閃耀
The black watch is nice, but this one
has more *sparkle*.

☐ **sparrow**〔'spæro〕*n.* 麻雀

☐ **spear**〔spɪr〕*n.* 矛

☐ **species**〔'spiʃɪz〕*n.* 種【單複數同形】
This *species* of plant is found only in
tropical regions.

☐ **specific**〔spɪ'sɪfɪk〕*adj.* 明確的
Mr. Glass didn't tell me the *specific*
reason he wanted to see you, but I think
it has something to do with a client.

☐ **spelling**〔'spɛlɪŋ〕 *n.* 拼字；拼法

If you don't know the correct *spelling* of the word, you can look it up in a dictionary.

☐ **spice**〔spaɪs〕 *n.* 香料

☐ **spicy**〔'spaɪsɪ〕 *adj.* 辣的

☐ **spill**〔spɪl〕 *v.* 灑出

Someone *spilled* some water on the floor, so be careful.

☐ **spin**〔spɪn〕 *v.* 紡織；織（網）；旋轉

A spider is *spinning* a web in the corner.

☐ **spinach**〔'spɪnɪdʒ〕 *n.* 菠菜

☐ **spiritual**〔'spɪrɪtʃuəl〕 *adj.* 精神上的

Liz saw a doctor for her physical health and a priest for her *spiritual* health.

□ **spit** 〔 spɪt 〕 v. 吐

Oscar didn't like the food so he *spit* it out.

□ **spite** 〔 spaɪt 〕 n. 惡意；怨恨

Martha told Alice about the party,
ruining the surprise out of *spite*.

【 *in spite of* 儘管（ = *despite* ）常考 】

□ **splash** 〔 splæʃ 〕 v. 濺起；潑（水）

The lifeguard told the children to stop
*splashing* people or they would have to
leave the pool.

□ **splendid** 〔 'splɛndɪd 〕 adj. 壯麗的；了不
起的

Marilyn did such a *splendid* job that she
deserves the highest praise.

□ **split** 〔 splɪt 〕 v. 使分裂；平分；分攤

Why don't we get two hamburgers and
*split* an order of fries?

□ **spoil** 〔 spɔɪl 〕 *v.* 破壞；寵壞

The bad weather *spoiled* our plans to go hiking today.

□ **sport** 〔 sport 〕 *n.* 運動

□ **sportsmanship** 〔 'sportsmən,ʃɪp 〕 *n.* 運動家精神

It is important to show good *sportsmanship* whether you win the game or not.

□ **spot** 〔 spɑt 〕 *n.* 地點

There is a *spot* on the carpet where Terry spilled some wine.

□ **sprain** 〔 spren 〕 *v.* 扭傷

The doctor said my ankle is not broken, only *sprained*.

□ **spray** 〔 spre 〕 *v.* 噴灑

Nicole *sprayed* herself with perfume before she went out.

□ **spread**〔 sprɛd 〕*v.* 散播

News of the superstar's arrival *spread* fast and his hotel was soon surrounded by fans.

□ **sprinkle**〔'sprɪŋkḷ〕*v.* 撒；灑

I already *sprinkled* some salt on the popcorn, so you don't need to add any more.

□ **spy**〔 spaɪ 〕*n.* 間諜

□ **squeeze**〔 skwiz 〕*v.* 擠壓

I had to *squeeze* ten oranges to make this pitcher of juice.

□ **squirrel**〔'skwɝəl, skwɝl〕*n.* 松鼠

□ **stab**〔 stæb 〕*v.* 刺

The killer tried to *stab* Tom with a knife, but he missed.

☐ **stable** 〔'steb!〕*adj.* 穩定的;穩固的

Don't climb up the ladder unless you
are sure it is *stable*.

☐ **stadium** 〔'stedɪəm 〕*n.* 體育館

☐ **staff** 〔 stæf 〕*n.* ( 全體 ) 職員

The executive has a *staff* of four to help
him with research.

☐ **standard** 〔'stændəd 〕*n.* 標準

〔 stand + ard = standard 〕

☐ **stare** 〔 stɛr 〕*v.* 凝視;瞪著

Joan could not help but *stare* at the
seven-foot-tall man.

☐ **starve** 〔 starv 〕*v.* 飢餓;餓死

If we don't send some food to that poor
country, many people there may *starve*.

☐ **statement** 〔'stetmənt 〕*n.* 敘述

The witness made a *statement* to the
police.

□ **statue** (ˈstætʃʊ ) *n.* 雕像

□ **status** (ˈstetəs ) *n.* 地位

The popular basketball player enjoys his high *status* in the school.

【status 和 state（情況）要一起背】

□ **steady** (ˈstɛdɪ ) *adj.* 穩定的；持續的

There is always a *steady* stream of traffic on this road during rush hour.

□ **steel** ( stil ) *n.* 鋼

□ **steep** ( stip ) *adj.* 陡峭的

Jason fell when he tried to ski down a very *steep* hill.

□ **stem** ( stɛm ) *n.* 莖

□ **stepfather** (ˈstɛpˌfɑðɚ ) *n.* 繼父

□ **stepmother** (ˈstɛpˌmʌðɚ ) *n.* 繼母

☐ **stereo** (ˈstɛrɪo ) *n.* 立體音響

Don't play your *stereo* too loud or you will disturb the neighbors.

☐ **stick** ( stɪk ) *n.* 棍子 *v.* 刺;黏

☐ **sticky** (ˈstɪkɪ ) *adj.* 黏的

The table is *sticky* where I spilled honey on it.

☐ **stiff** ( stɪf ) *adj.* 僵硬的

Doug pulled a muscle and now he has a *stiff* neck.

☐ **sting** ( stɪŋ ) *v.* 螫;刺;叮咬

Don't bother that bee or it may *sting* you.

☐ **stir** ( stɝ ) *v.* 攪動

You had better *stir* that soup or it may burn.

☐ **stitch** 〔 stɪtʃ 〕 *n.* 一針

Melinda cut her finger and had to get three *stitches* to close the cut.

☐ **stocking** 〔'stɑkɪŋ 〕 *n.* 長襪

☐ **stool** 〔 stul 〕 *n.* 凳子

Duncan sat on a *stool* and changed his shoes.

☐ **strategy** 〔'strætədʒɪ 〕 *n.* 策略

Andrew won the chess game because he followed a good *strategy*.

☐ **strength** 〔 strɛŋθ 〕 *n.* 力量

Rex doesn't have the *strength* to lift that heavy box by himself.

☐ **stress** 〔 strɛs 〕 *n.* 壓力
【 stress = pressure = tension 】

☐ **stretch** 〔 strɛtʃ 〕 *v.* 伸展；拉長

Joe *stretched* a rubber band and aimed it at me.

□ **strict** 〔 strɪkt 〕 *adj.* 嚴格的

【 strict = harsh = severe = stern 】

□ **string** 〔 strɪŋ 〕 *n.* 細繩

□ **strip** 〔 strɪp 〕 *v.* 脫去

Tom *strips* off his clothes and jumps
into the swimming pool.

□ **strive** 〔 straɪv 〕 *v.* 努力

I *strive* to follow in my father's footsteps.

【 strive = endeavor = struggle 】

□ **stroke** 〔 strok 〕 *n.* 打擊；一擊；中風

Little *strokes* fell great oaks.

□ **structure** 〔'strʌktʃɚ〕 *n.* 構造

□ **struggle** 〔'strʌgl̩〕 *v.* 掙扎；搏鬥

The old man is *struggling* with the
death of his wife.

☐ **stubborn** 〔'stʌbən 〕 *adj.* 頑固的

```
stub + born
  |      |
short + 出生（生來矮的人，比較頑固）
```

☐ **studio** 〔'stjudɪ,o 〕 *n.* 工作室；攝影棚

☐ **stuff** 〔 stʌf 〕 *n.* 東西
What's this *stuff*?

☐ **style** 〔 staɪl 〕 *n.* 風格

☐ **subject** 〔'sʌbdʒɪkt 〕 *n.* 主題；科目
The *subject* of this book is World War II.

☐ **submarine** 〔,sʌbmə'rin 〕 *n.* 潛水艇

☐ **substance** 〔'sʌbstəns 〕 *n.* 物質

☐ **subtract** 〔 səb'trækt 〕 *v.* 減
*Subtract* 5 from 7, and you have 2.

☐ **suburbs** 〔'sʌbɝbz 〕 *n.pl.* 郊區
After twenty years in the city, the Millers
have moved to the *suburbs*.

□ **subway** ('sʌb,we ) *n.* 地下鐵

□ **success** ( sək'sɛs ) *n.* 成功

□ **suck** ( sʌk ) *v.* 吸
The girl *sucked* the lemonade through a straw.

□ **suffer** ('sʌfɚ ) *v.* 受苦；罹患
This poor boy is *suffering* from a bad cold.

□ **sufficient** ( sə'fɪʃənt ) *adj.* 足夠的
No one in the shelter has *sufficient* food.
【efficient-sufficient-deficient 這三個字要一起背】

□ **suggestion** ( səg'dʒɛstʃən ) *n.* 建議

□ **suicide** ('suə,saɪd ) *n.* 自殺
John felt such despair that he even contemplated *suicide*.

□ **suitable** ('sutəbḷ ) *adj.* 適合的
There are several books *suitable* for children.

☐ **sum** 〔 sʌm 〕 *n.* 總數;金額;和
The *sum* of 2 and 5 is 7.

☐ **summary** 〔'sʌmərɪ 〕 *n.* 摘要
The newscaster gave the viewers a *summary* of the day's events.

☐ **summit** 〔'sʌmɪt 〕 *n.* 山頂;顛峰
After a long, hard climb the mountaineers reached the *summit*.

☐ **superior** 〔 sə'pɪrɪə 〕 *adj.* 較優秀的
You are *superior* to me in this subject.

☐ **supper** 〔'sʌpə 〕 *n.* 晚餐

☐ **supply** 〔 sə'plaɪ 〕 *v.* 供給
Our government offered to *supply* tents and blankets to the refugees.
【apply-supply-reply 一起背】

☐ **support** 〔 sə'port 〕 *v.* 支持;支撐
The columns *support* the roof.

□ **suppose** 〔 səˈpoz 〕 v. 以為

□ **surf** 〔 sɝf 〕 v. 衝浪；上（網）
Let's go *surfing* tomorrow.
She spends hours every day just *surfing*
the Net.

□ **surface** 〔ˈsɝfɪs 〕 n. 表面

□ **surgeon** 〔ˈsɝdʒən 〕 n. 外科醫生

□ **surgery** 〔ˈsɝdʒərɪ 〕 n. 手術
Lydia had to stay in bed for two weeks
after her *surgery*.

> surge 〔 sɝdʒ 〕 n. 巨浪
> surgery 〔ˈsɝdʒərɪ 〕 n. 手術

□ **surrender** 〔 səˈrɛndɚ 〕 v. 投降
The soldiers were outnumbered but they
still refused to *surrender*.

□ **surround** 〔 səˈraʊnd 〕 v. 包圍
The town is *surrounded* by fields.

□ **survey** ( sə've ) v. 調查

Surveyors are *surveying* the area in order to determine the best route for the new road.

□ **survival** ( sə'vaɪvl̩ ) n. 生還;生存

Their *survival* was threatened by a lack of food and water.

□ **suspicion** ( sə'spɪʃən ) n. 懷疑

I have a *suspicion* that Jack stole the jewels.

□ **swear** ( swɛr ) v. 發誓

I *swear* that I'll tell the truth.

□ **sweat** ( swɛt ) v. 流汗

Toby began to *sweat* as soon as he started climbing the hill.

□ **swell** ( swɛl ) v. 膨脹

A balloon *swells* when it is filled with air.

□ **swift** ﹝ swɪft ﹞ *adj.* 迅速的

The *swift* current nearly swept the swimmers out to sea.

□ **switch** ﹝ swɪtʃ ﹞ *n.* 開關    *v.* 轉換

Just press the *switch* to turn on the light.

□ **sword** ﹝ sord ﹞ *n.* 劍

The museum displays several *swords* from the Middle Ages.

□ **syllable** ﹝ ˈsɪləbḷ ﹞ *n.* 音節

The word "ape" has only one *syllable*.

□ **sympathy** ﹝ ˈsɪmpəθɪ ﹞ *n.* 同情心

We expressed our *sympathy* to the widow.

□ **syrup** ﹝ ˈsɪrəp ﹞ *n.* 糖漿

Gwen prefers to have *syrup* on her pancakes rather than honey.

☐ **systematic** 〔ˌsɪstə'mætɪk〕*adj.* 有系統的

The technician assembled the computer in a *systematic* way.

# T t

☐ **tablet** 〔'tæblɪt〕*n.* 藥片；碑

There is an inscription on the stone *tablet* next to the gate.

☐ **tag** 〔 tæg 〕*n.* 標籤

☐ **tailor** 〔'telə〕*n.* 裁縫師

☐ **tale** 〔 tel 〕*n.* 故事

My grandfather told me the *tale* of the tortoise and the hare.

☐ **tame** 〔 tem 〕*adj.* 溫馴的

The lion appears gentle now, but it is not *tame*.

☐ **tap** 〔 tæp 〕 v. 輕拍　n. 水龍頭

My classmate *tapped* me on the shoulder and asked if he could borrow a pen.

☐ **target** 〔'tɑrgɪt 〕 n. 目標

☐ **task** 〔 tæsk 〕 n. 工作

Cheryl finished the laundry and crossed that *task* off her list.

☐ **tasty** 〔'testɪ 〕 adj. 美味的 ( = *delicious* )

☐ **tax** 〔 tæks 〕 n. 稅

☐ **tease** 〔 tiz 〕 v. 嘲弄；逗弄

Don't *tease* the dog with the bone; just give it to him.

☐ **technical** 〔'tɛknɪkḷ 〕 adj. 技術上的

There is a *technical* problem at the television station, so it is not able to broadcast now.

□ **technique** 〔tɛk'nik 〕 *n.* 技巧

□ **technology** 〔tɛk'nɑlədʒɪ 〕 *n.* 科技
Many students are interested in the
growing field of information *technology*.

```
techno + logy
  |        |
skill   + study
```

□ **teenage** 〔'tin,edʒ 〕 *adj.* 十幾歲的
Graduation from high school was the
highlight of his *teenage* years.

□ **telegram** 〔'tɛlə,græm 〕 *n.* 電報

□ **telegraph** 〔'tɛlə,græf 〕 *n.* 電報

□ **telescope** 〔'tɛlə,skop 〕 *n.* 望遠鏡

□ **temper** 〔'tɛmpɚ 〕 *n.* 脾氣
Ted has such a quick *temper* that he often
loses his cool.

□ **temporary** (ˈtɛmpəˌrɛrɪ ) *adj.* 暫時的；
臨時的

Nathan is only a *temporary* employee
who was hired for the summer season.

□ **tend** ( tɛnd ) *v.* 易於；傾向於

Don't pay too much attention to Joan;
she *tends* to exaggerate.

【*tend to + V.* 易於；傾向於】

□ **tender** (ˈtɛndɚ ) *adj.* 柔軟的；嫩的

□ **tense** ( tɛns ) *adj.* 緊張的

There was a *tense* moment when it
seemed as if the two angry men would
come to blows.

□ **terrify** (ˈtɛrəˌfaɪ ) *v.* 使害怕

Willy tried to *terrify* his sister with a
ghost story, but she only laughed.

□ **territory**〔'tɛrə,torɪ〕 *n.* 領域

Some wild animals will attack anyone who invades their *territory*.

□ **terror**〔'tɛrə〕 *n.* 恐怖

The visitors ran out of the haunted house in *terror*.

□ **text**〔tɛkst〕 *n.* 內文

Although he had read it several times, Rick still could not understand the *text*.

□ **thankful**〔'θæŋkfəl〕 *adj.* 感激的

We are so *thankful* that you were not hurt in the accident.

□ **theme**〔θim〕 *n.* 主題

□ **theory**〔'θiərɪ〕 *n.* 理論

□ **thirst**〔θɝst〕 *n.* 口渴

Due to his great *thirst*, Joe drank an entire liter of water.

□ **thorough**〔'θɝo 〕 *adj.* 徹底的

We always give the house a *thorough*
cleaning before the New Year.

□ **thoughtful** 〔'θɔtfəl 〕 *adj.* 體貼的

□ **thread** 〔 θrɛd 〕 *n.* 線

There was a loose *thread* hanging from
the man's jacket.

□ **threat** 〔 θrɛt 〕 *n.*, *v.* 威脅

That new store is a *threat* to our business.

□ **throughout** 〔 θru'aut 〕 *prep.* 整個…期間

We celebrate several holidays *throughout*
the year.

□ **thus** 〔 ðʌs 〕 *adv.* 因此

Janet has seven younger brothers and
sisters; *thus*, she is quite used to young
children.

□ **tickle** ('tɪkl̩ ) v. 搔癢

The baby laughed when his father *tickled* his feet.

□ **tide** ( taɪd ) n. 潮水

The ship will sail when the *tide* goes out.

□ **tight** ( taɪt ) adj. 緊的

□ **timber** ('tɪmbɚ ) n. 木材

Workers unloaded the *timber* at the building site.

□ **timid** ('tɪmɪd ) adj. 膽小的

The boy was too *timid* to greet the visitor and hid behind his parents.

□ **tire** ( taɪr ) v. 使疲倦　 n. 輪胎

□ **tiresome** ('taɪrsəm ) adj. 累人的

The passengers found the long trip very *tiresome*.

□ **tissue** ('tɪʃu ) n. 面紙;( 肌肉等 ) 組織

□ **tobacco**〔tə'bæko〕*n.* 菸草

This shop sells cigarettes, cigars and other *tobacco* products.

□ **tolerate**〔'tɑlə,ret〕*v.* 容忍

Nadia could not *tolerate* her boyfriend talking to other girls and soon broke up with him.【字尾 ate，重音在倒數第三音節上】

□ **tomb**〔tum〕*n.* 墳墓

□ **ton**〔tʌn〕*n.* 噸

□ **tone**〔ton〕*n.* 語調

Arthur could tell by his mother's *tone* of voice that she was annoyed.

□ **tool**〔tul〕*n.* 工具

□ **tortoise**〔'tɔrtəs〕*n.* 陸龜

□ **toss**〔tɔs〕*v.* 投擲

Nicole crumpled up the letter and *tossed* it in the wastebasket.

□ **tough** 〔 tʌf 〕 *adj.* 困難的；堅硬的

□ **tour** 〔 tʊr 〕 *n.* 旅行
We just booked a two-week *tour* of
Europe.

□ **track** 〔 træk 〕 *v.* 追蹤 *n.* 足跡；痕跡
The hunter *tracked* the fox to its hiding
place.

□ **tragedy** 〔'trædʒədɪ 〕 *n.* 悲劇
The fire was a terrible *tragedy* that
claimed more than twenty lives.

□ **trail** 〔 trel 〕 *n.* 小徑
This *trail* leads to the top of the mountain
and the other one leads to the lake.

□ **transfer** 〔 træns'fɝ 〕 *v.* 轉移；轉學；
轉車；調職
Mitch was *transferred* from New York
to the London office.

□ **transform** 〔 træns'fɔrm 〕 v. 轉變

Victoria was *transformed* by her plastic surgery and no one recognized her.

□ **translate** 〔 træns'let 〕 v. 翻譯

This software program will *translate* English to French.

□ **transport** 〔 træns'port 〕 v. 運輸

The merchandise will be *transported* by truck.

□ **traveler** 〔'trævlɚ 〕 n. 旅行者

□ **tray** 〔 tre 〕 n. 托盤

The waiter placed the drinks on a *tray* and carried them to the table.

□ **treatment** 〔'tritmənt 〕 n. 治療（法）

As the patient's condition had not improved, the doctor decided to try a new *treatment*.

□ **tremble** (´trɛmbḷ) *v.* 發抖

Anna *trembled* with fear when she stood on the stage.

□ **tremendous** ( trɪ´mɛndəs ) *adj.* 巨大的

The rocket made a *tremendous* noise when it blasted off.

□ **trend** ( trɛnd ) *n.* 趨勢;流行

Body piercing seems to be a *trend* among young people.

□ **trial** (´traɪəl ) *n.* 嘗試;審判

The judge announced the verdict after a three-week *trial*.

□ **tribe** ( traɪb ) *n.* 部落

The *tribe* had lived in the rainforest for several hundred years before meeting outsiders.

□ **tricky** (ˈtrɪkɪ) *adj.* 棘手的

Inga didn't know how to answer the *tricky*
question.

□ **triumph** (ˈtraɪəmf) *n.* 勝利

The whole school celebrated the team's
*triumph* in the state championship.

□ **troops** (trups) *n.pl.* 軍隊

The *troops* were ordered back to the army
base.

□ **tropical** (ˈtrɑpɪkl̩) *adj.* 熱帶的

The immigrants had trouble adapting to
the hot and humid conditions in the
*tropical* country.

□ **troublesome** (ˈtrʌbl̩səm) *adj.* 麻煩的

Getting to the museum was so
*troublesome* that we almost gave up.

□ **trunk** (trʌŋk) *n.* （汽車的）行李箱

□ **truthful** 〔'truθfəl 〕 *adj.* 真實的；誠實的
The boy was not punished because he was *truthful* about his involvement in the incident.

□ **tube** 〔 tjub 〕 *n.* 管子
Will squeezed the *tube* of toothpaste to get the last bit out.

□ **tug** 〔 tʌg 〕 *v.* 用力拉
Mary *tugged* on her mother's skirt, trying to get her attention.

□ **tug-of-war** *n.* 拔河（比賽）
The participants in the *tug of war* used all their strength to pull the other team over the line.

□ **tulip** 〔'tulɪp 〕 *n.* 鬱金香

□ **tumble** 〔'tʌmbl̩ 〕 *v.* 跌倒
Susie tripped and *tumbled* down the stairs.

□ **tune** 〔 tjun 〕 *n.* 曲子

This is such a popular *tune* that everyone is humming it.

□ **tutor** 〔'tutɚ 〕 *n.* 家庭教師

□ **twig** 〔 twɪg 〕 *n.* 小樹枝

The birds built a nest of *twigs* in the tree outside my window.

□ **twin** 〔 twɪn 〕 *n.* 雙胞胎之一

Glenda looks exactly like her *twin*.

> win 〔 wɪn 〕 *v.* 贏
> twin 〔 twɪn 〕 *n.* 雙胞胎之一

□ **twinkle** 〔'twɪŋkḷ 〕 *v.* 閃爍

I like to sit outside at night and watch the stars *twinkle*.

□ **twist** 〔 twɪst 〕 *v.* 扭曲；纏繞

Polly nervously *twisted* her hair around her finger.

☐ **typical** 〔'tɪpɪkl̩ 〕 *adj.* 典型的

This is a *typical* example of a Victorian style house.

# U u

☐ **union** 〔'junjən 〕 *n.* 聯盟

The European *Union* is composed of several countries.

☐ **unit** 〔'junɪt 〕 *n.* 單位

☐ **unite** 〔 ju'naɪt 〕 *v.* 使聯合；使團結；使統一

I think that a party will help to *unite* our class.

☐ **unity** 〔'junətɪ 〕 *n.* 統一；一致；和諧

The judges praised the *unity* of the marching band.

□ **universal** 〔͵junəˋvɝsḷ〕 *adj.* 普遍的；
全世界的

The desire to be liked by others is
*universal*.

□ **unless** 〔ənˋlɛs〕 *conj.* 除非

*Unless* Mark arrives soon, we will have
to leave without him.

□ **upset** 〔ʌpˋsɛt〕 *adj.* 不高興的

Peggy was *upset* after an argument with
her best friend.

□ **urban** 〔ˋɝbən〕 *adj.* 都市的

Although he has lived in the city for
three years, Malcolm is still not used to
the *urban* environment.

□ **urge** 〔ɝdʒ〕 *v.* 力勸；催促

Jimmy's parents are *urging* him to apply
to Harvard.

☐ **urgent** ('ɝdʒənt ) *adj.* 緊急的

The country has suffered several bad
harvests and there is an *urgent* need
for food.

☐ **usage** ('jusɪdʒ ) *n.* 用法；使用

This meter will record your *usage* of
electricity.

# V v

☐ **vacant** ( 'vekənt ) *adj.* 空的

The house is *vacant* now that the
Johnsons have moved away.

☐ **vain** ( ven ) *adj.* 徒勞無功的

He tried to save her but in *vain*.

【 *in vain* ( 徒勞無功 )，為「介詞 + 形容詞」
的成語，很常考 】

☐ **van** 〔 væn 〕 *n.* 廂型車；小型有蓋貨車

We loaded the *van* with camping gear and set out on our trip.

☐ **vanish** 〔'vænɪʃ 〕 *v.* 消失

I can't find my glasses; they seem to have *vanished*.

☐ **variety** 〔 və'raɪətɪ 〕 *n.* 種類；多樣性

There is a great *variety* of food in the night market.

☐ **various** 〔'vɛrɪəs 〕 *adj.* 各式各樣的

There are *various* reasons for his decision to study abroad.

☐ **vary** 〔'vɛrɪ 〕 *v.* 改變；不同

Opinions on the matter *varied*.

☐ **vase** 〔 ves 〕 *n.* 花瓶

☐ **vast** 〔 væst 〕 *adj.* 巨大的

☐ **vegetarian** 〔 ͵vɛdʒə'tɛrɪən 〕 *n.* 素食者

☐ **vehicle** 〔 'viɪkl̩ 〕 *n.* 車輛
The freeway became crowded with
*vehicles* as people left for the long
weekend.

☐ **verb** 〔 vɝb 〕 *n.* 動詞

☐ **verse** 〔 vɝs 〕 *n.* 韻文；詩句
Our teacher asked us to memorize a long
poem of several *verses*.

☐ **vessel** 〔 'vɛsl̩ 〕 *n.* 船；容器
The harbor was filled with sailboats,
speedboats and other *vessels*.

☐ **vice-president** 〔 'vaɪs'prɛzədənt 〕 *n.*
副總統

□ **victim** (ˈvɪktɪm ) *n.* 受害者

The *victim* of the robbery was not able
to identify the man who took his money.

□ **view** ( vju ) *n.* 景色；看法

□ **village** (ˈvɪlɪdʒ ) *n.* 村莊

□ **violate** (ˈvaɪəˌlet ) *v.* 違反

If you *violate* the law, you may receive
a harsh punishment.

□ **violence** (ˈvaɪələns ) *n.* 暴力；激烈

Onlookers were alarmed by the *violence*
of the fight and called the police.

□ **virgin** (ˈvɜdʒɪn ) *n.* 處女

□ **virtue** (ˈvɜtʃu ) *n.* 美德

Honesty is a good *virtue* to cultivate.

□ **virus** (ˈvaɪrəs ) *n.* 病毒

☐ **vision** 〔'vɪʒən 〕 *n.* 視力

Ellen went to an optometrist to have her *vision* checked.

【 vision = sight「視力」，這個字背不下來，可先背 television 】

☐ **vital** 〔'vaɪt!〕 *adj.* 非常重要的；維持生命所必需的

The heart is a *vital* organ.

【 vital = crucial = essential = important 】

☐ **vitamin** 〔'vaɪtəmɪn 〕 *n.* 維他命；維生素

Gloria takes *vitamins* to ensure that she gets all the nutrients that she needs.

☐ **vivid** 〔'vɪvɪd 〕 *adj.* 生動的；栩栩如生的

☐ **volcano** 〔 vɑl'keno 〕 *n.* 火山

☐ **volume** 〔'vɑljəm 〕 *n.* 音量；( 書 ) 冊

□ **volunteer** ﹝ˌvɑlən'tɪr ﹞ v. 自願 n. 自願者

The charity organization is staffed by *volunteers*.

□ **voter** ﹝'votɚ ﹞ n. 投票者

Nearly seventy percent of the *voters* approved of the candidate.

□ **vowel** ﹝'vauəl ﹞ n. 母音

【比較】 consonant ﹝'kɑnsənənt ﹞ n. 子音

□ **voyage** ﹝'vɔɪ‧ɪdʒ ﹞ n. 航行

We set out on a three-week *voyage* aboard the new ship.

# W w

□ **wage** ﹝ wedʒ ﹞ n. 工資

The workers at the factory were paid a *wage* of nine dollars an hour.

□ **wagon** ﹝'wægən ﹞ n. 四輪載貨馬車

□ **waken** (`'wekən`) v. 叫醒

It's time to *waken* the children for school.

□ **wander** (`'wɑndə`) v. 徘徊;流浪

We *wandered* around the park, looking
for a good spot to enjoy our picnic.

□ **warn** (`wɔrn`) v. 警告

Betty *warned* me that her dog was
bad-tempered and might bite.

□ **waterproof** (`'wɔtə‚pruf`) adj. 防水的

When the rain began, I was thankful that
I had a *waterproof* jacket.

□ **wax** (`wæks`) n. 蠟

□ **weaken** (`'wikən`) v. 使虛弱

□ **wealth** (`wɛlθ`) n. 財富

George inherited his *wealth*; he didn't
earn it.

□ **weapon** ('wɛpən) *n.* 武器

□ **weave** ( wiv ) *v.* 編織

The artisan *weaves* her own cloth.

□ **web** ( wɛb ) *n.* 蜘蛛網

A spider sat in the middle of the *web*.

□ **website** ('wɛb‚saɪt ) *n.* 網站

□ **weed** ( wid ) *n.* 雜草

The garden is full of *weeds* because no one has been taking care of it.

□ **weep** ( wip ) *v.* 哭泣

Claire *wept* when she heard about the accident.

□ **weight** ( wet ) *n.* 重量；體重

The doctor told Ned that he should lose some *weight*.

□ **welfare** (ˈwɛlˌfɛr ) *n.* 福利

The *welfare* system provides help to the poor.

□ **western** (ˈwɛstɚn ) *adj.* 西方的

This restaurant specializes in *western* food.

□ **whatever** ( hwɑtˈɛvɚ ) *pron.* 無論什麼

*Whatever* you decide to do in the future, I hope you will be successful.

□ **wheat** ( hwit ) *n.* 小麥

□ **whenever** ( hwɛnˈɛvɚ ) *conj.* 無論何時

*Whenever* I see you, you always look happy.

□ **wherever** ( hwɛrˈɛvɚ ) *conj.* 無論何處

My little brother follows me *wherever* I go.

□ **whip** ﹝ hwɪp ﹞ *v.* 鞭打

The carriage driver *whipped* the horses to make them run faster.

□ **whisper** ﹝'hwɪspɚ﹞ *v.* 小聲說

Not wanting to disturb anyone, Kathy *whispered* to me during the movie.

□ **whoever** ﹝ hu'ɛvɚ﹞ *pron.* 無論是誰

*Whoever* comes in first will be given a trophy.

□ **whom** ﹝ hum ﹞ *pron.* 誰（who 的受格）

This is the man for *whom* I bought the ticket.

□ **wicked** ﹝'wɪkɪd﹞ *adj.* 邪惡的

Nadia warned us against having anything to do with the *wicked* man.

□ **widen** 〔'waɪdn̩〕 v. 加寬

The city has decided to *widen* this road so that traffic can move more easily.

□ **willing** 〔'wɪlɪŋ〕 adj. 願意的

I asked Erin if she would take responsibility for the decorations, but she was not *willing* to do so.

□ **willow** 〔'wɪlo〕 n. 柳樹

There are several *willow* trees on the bank of the river.

□ **wine** 〔waɪn〕 n. 酒;葡萄酒

The waiter poured each guest a glass of *wine*.

□ **wink** 〔wɪŋk〕 v. 眨眼

My uncle *winked* at me to let me know he was kidding.

□ **wipe** 〔 waɪp 〕 v. 擦

George *wiped* the counter after he finished cooking.

□ **wire** 〔 waɪr 〕 n. 電線

We had no power after the electrical *wires* were cut.

□ **wisdom** 〔'wɪzdəm 〕 n. 智慧

□ **wit** 〔 wɪt 〕 n. 機智

The actor answered the question with great *wit* and made the audience laugh.

□ **witch** 〔 wɪtʃ 〕 n. 女巫

□ **withdraw** 〔 wɪð'drɔ 〕 v. 撤退；提（款）

Helen *withdrew* money from her account and went shopping.

☐ **within** 〔 wɪð'ɪn 〕 *prep.* 在…之內
*adv.* 在裡面

The butler stood just outside the room,
listening to the conversation of those
*within*.

☐ **witness** 〔'wɪtnɪs 〕 *n.* 目擊者

There were no *witnesses* to the car
accident so no one is sure how it
happened.

☐ **wizard** 〔'wɪzɚd 〕 *n.* 巫師

☐ **wonder** 〔'wʌndɚ 〕 *v.* 想知道　*n.* 驚奇；
奇觀

I *wonder* what time it is.

【背這個字先背 won〔wʌn〕和 one 同音，是
win 的過去式。wonder + ful = wonderful
（很棒的）】

☐ **wooden** 〔'wʊdn̩ 〕 *adj.* 木製的

☐ **wool** 〔 wʊl 〕 *n.* 羊毛

The sweater is one hundred percent *wool*.

☐ **worm** 〔wɜm〕 *n.* 蟲

☐ **worse** 〔wɜs〕 *adj.* 更糟的

Cindy is an even *worse* tennis player than I am.

☐ **worth** 〔wɜθ〕 *adj.* 值得的

The painting is *worth* a great deal of money.

☐ **wrap** 〔ræp〕 *v.* 包;裏

I will *wrap* his birthday present in colorful paper.

☐ **wreck** 〔rɛk〕 *n.* 殘骸

☐ **wrinkle** 〔'rɪŋkl〕 *n.* 皺紋;皺摺
*v.* 起皺紋

Tanya ironed the shirt carefully in order to get out every *wrinkle*.

# X x

□ **X-ray** (ˈɛksˈre ) *n.* X 光；X 光片

The doctor took an *x-ray* of my arm to see whether it was broken.

# Y y

□ **yawn** ( jɔn ) *v.* 打呵欠

Barbara was tired and began to *yawn* during the movie.

□ **yearly** (ˈjɪrlɪ ) *adj.* 每年的

□ **yell** ( jɛl ) *v.* 吼叫

Tony's mother *yelled* at him for watching TV instead of doing his homework.

□ **yogurt** (ˈjogət ) *n.* 優格

□ **yolk** ( jolk ) *n.* 蛋黃

According to the recipe, you have to separate the *yolk* from the rest of the egg.

☐ **youngster**〔'jʌŋstɚ〕*n.* 年輕人

Grandpa likes to tell us stories about
things he did when he was a *youngster*.

☐ **youthful**〔'juθfəl〕*adj.* 年輕的

Due to her *youthful* appearance, no one
ever guesses Mrs. Smith's real age.

☐ **yucky**〔'jʌkɪ〕*adj.* 令人厭惡的

Billy said the oatmeal was *yucky* and
refused to eat it.

# Z z

☐ **zipper**〔'zɪpɚ〕*n.* 拉鍊

My *zipper* got stuck when I tried to zip
up my jacket.

☐ **zone**〔zon〕*n.* 地帶；地區

This is a residential *zone,* so there are
no factories nearby.

# 高二同學的目標——提早準備考大學

1.「用會話背7000字①②」
書+CD，每冊280元

「用會話背7000字」能夠解決
所有學英文的困難。高二同學
可先從第一冊開始背，第一冊
和第二冊沒有程度上的差異，
背得越多，單字量越多，在腦
海中的短句越多。每一個極短句大多不超過5個字，1個字或
2個字都可以成一個句子，如：「用會話背7000字①」p.184，
每一句都2個字，好背得不得了，而且與生活息息相關，是
每個人都必須知道的知識，例如：成功的祕訣是什麼？

## 11. What are the keys to success?

| | |
|---|---|
| Be *ambitious*. | 要有**雄心**。 |
| Be *confident*. | 要有**信心**。 |
| Have *determination*. | 要有**決心**。 |
| | |
| Be *patient*. | 要有**耐心**。 |
| Be *persistent*. | 要有**恆心**。 |
| Show *sincerity*. | 要有**誠心**。 |
| | |
| Be *charitable*. | 要有**愛心**。 |
| Be *modest*. | 要**虛心**。 |
| Have *devotion*. | 要**專心**。 |

當你背單字的時候，就要有「雄心」，要「決心」背好，對
自己要有「信心」，一定要有「耐心」和「恆心」，背書時
要「專心」。

背完後，腦中有2,160個句子，那不得了，無限多的排列組
合，可以寫作文。有了單字，翻譯、閱讀測驗、克漏字都難
不倒你。高二的時候，要下定決心，把7000字背熟、背
爛。雖然高中課本以7000字為範圍，編書者為了便宜行事，
往往超出7000字，同學背了少用的單字，反倒忽略真正重要
的單字。千萬記住，背就要背「高中常用7000字」，背完之
後，天不怕、地不怕，任何考試都難不倒你。

2.「時速破百單字快速記憶」書 250元

3.「高二英文克漏字測驗」書 180元

4.「高二英文閱讀測驗」書 180元
　全部選自各校高二月期考試題精華，
　英雄所見略同，再出現的機率很高。

5.「7000字學測試題詳解」書 250元
　唯有鎖定7000字為範圍的試題，才會對準備考試
　有幫助。每份試題附有詳細解答，對錯答案都有
　明確交待，做完題目，再看詳解，快樂無比。

6.「高中常用7000字」書附錄音QR碼 280元
　英文唸2遍，中文唸1遍，穿腦記憶，中英文同時
　背。不用看書、不用背，只要聽一聽就背下來了。

7.「高中常用7000字解析【豪華版】」書 390元
　按照「大考中心高中英文參考詞彙表」編輯而成
　。難背的單字有「記憶技巧」、「同義字」及
　「反義字」，關鍵的單字有「典型考題」。大學
　入學考試核心單字，以紅色標記。

8.「高中7000字測驗題庫」書 180元
　取材自大規模考試，解答詳盡，節省查字典的時間。

9.「英文一字金」系列：①成功勵志經 (How to Succeed) ②人見
　人愛經 (How to Be Popular) ③金玉良言經 (Good Advice :
　What Not to Do) ④快樂幸福經 (How to Be Happy) ⑤養生救
　命經 (Eat Healthy) ⑥激勵演講經 (Motivational Speeches)
　書每冊 280元
　以「高中常用7000字」為範圍，每
　一句話、每一個單字都能脫口而
　出，自然會寫作文、會閱讀。

劉 毅 主編

# 高三同學要如何準備「升大學考試」

考前該如何準備「學測」呢?「劉毅英文」的同學很簡單,只要熟讀每次的模考試題就行了。每一份試題都在7000字範圍內,就不必再背7000字了,從後面往前複習,越後面越重要,一定要把最後10份試題唸得滾瓜爛熟。根據以往的經驗,詞彙題絕對不會超出7000字範圍。每年題型變化不大,只要針對下面幾個大題準備即可。

### 準備「詞彙題」最佳資料:

背了再背,背到滾瓜爛熟,讓背單字變成樂趣。

### 考前不斷地做模擬試題就對了!

你做的題目愈多,分數就愈高。不要忘記,每次參加模考前,都要背單字、背自己所喜歡的作文。考場不難過,勇往直前,必可得高分!

練習「模擬試題」,可參考「學習出版公司」最新出版的「7000字學測試題詳解」。我們試題的特色是:
①以「高中常用7000字」為範圍。 ②經過外籍專家多次校對,不會學錯。③每份試題都有詳細解答,對錯答案均有明確交待。

# 「克漏字」如何答題

第二大題綜合測驗（即「克漏字」），不是考句意，就是考簡單的文法。當四個選項都不相同時，就是考句意，就沒有文法的問題；當四個選項單字相同、字群排列不同時，就是考文法，此時就要注意到文法的分析，大多是考連接詞、分詞構句、時態等。「克漏字」是考生最弱的一環，你難，別人也難，只要考前利用這種答題技巧，勤加練習，就容易勝過別人。

準備「綜合測驗」（克漏字），可參考「學習出版公司」最新出版的「7000字克漏字詳解」。

**本書特色：**

1. 取材自大規模考試，英แผ所見略同。
2. 不超出7000字範圍，不會做白工。
3. 每個句子都有文法分析。一目了然。
4. 對錯答案都有明確交待，列出生字，不用查字典。
5. 經過「劉毅英文」同學實際考過，效果極佳。

# 「文意選填」答題技巧

在做「文意選填」的時候，一定要冷靜。你要記住，一個空格一個答案，如果你不知道該選哪個才好，不妨先把詞性正確的選項挑出來，如介詞後面一定是名詞，選項裡面只有兩個名詞，再用刪去法，把不可能的選項刪掉。也要特別注意時間的掌控，已經用過的選項就劃掉，以免重複考慮，浪費時間。

準備「文意選填」，可參考「學習出版公司」最新出版的「7000字文意選填詳解」。

特色與「7000字克漏字詳解」相同，不超出7000字的範圍，有詳細解答。

# 「閱讀測驗」的答題祕訣

① 尋找關鍵字——整篇文章中，最重要就是第一句和最後一句，第一句稱為主題句，最後一句稱為結尾句。每段的第一句和最後一句，第二重要，是該段落的主題句和結尾句。從「主題句」和「結尾句」中，找出相同的關鍵字，就是文章的重點。因為美國人從小被訓練，寫作文要注重主題句，他們給學生一個題目後，要求主題句和結尾句都必須有關鍵字。

② 先看題目、劃線、找出答案、標題號——考試的時候，先把閱讀測驗題目瀏覽一遍，在文章中掃瞄和題幹中相同的關鍵字，把和題目相關的句子，用線畫起來，便可一目了然。通常一句話只會考一題，你畫了線以後，再標上題號，接下來，你找其他題目的答案，就會更快了。

③ 碰到難的單字不要害怕，往往在文章的其他地方，會出現同義字，因為寫文章的人不喜歡重覆，所以才會有難的單字。

④ 如果閱測內容已經知道，像時事等，你就可以直接做答了。

準備「閱讀測驗」，可參考「學習出版公司」最新出版的「7000字閱讀測驗詳解」，本書不超出7000字範圍，每個句子都有文法分析，對錯答案都有明確交待，單字註明級數，不需要再查字典。

# 「中翻英」如何準備

可參考劉毅老師的「英文翻譯句型講座實況DVD」，以及「文法句型180」和「翻譯句型800」。考前不停地練習中翻英，翻完之後，要給外籍老師改。翻譯題做得越多，越熟練。

# 「英文作文」怎樣寫才能得高分?

① 字體要寫整齊,最好是印刷體,工工整整,不要塗改。

② 文章不可離題,尤其是每段的第一句和最後一句,最好要有題目所說的關鍵字。

③ 不要全部用簡單句,句子最好要有各種變化,單句、複句、合句、形容詞片語、分詞構句等,混合使用。

④ 不要忘記多使用轉承語,像 *at present*(現在),*generally speaking*(一般說來),*in other words*(換句話說),*in particular*(特別地),*all in all*(總而言之)等。

⑤ 拿到考題,最好先寫作文,很多同學考試時,作文來不及寫,吃虧很大。但是,如果看到作文題目不會寫,就先寫測驗題,這個時候,可將題目中作文可使用的單字、成語圈起來,寫作文時就有東西寫了。但千萬記住,絕對不可以抄考卷中的句子,一旦被發現,就會以零分計算。

⑥ 試卷有規定標題,就要寫標題。記住,每段一開始,要內縮5或7個字母。

⑦ 可多引用諺語或名言,並注意標點符號的使用。文章中有各種標點符號,會使文章變得更美。

⑧ 整體的美觀也很重要,段落的最後一行字數不能太少,也不能太多。段落的字數要平均分配,不能第一段只有一、兩句,第二段一大堆。第一段可以比第二段少一點。

**準備「英文作文」,可參考「學習出版公司」出版的:**

**學測字彙 4000**
4000 Words for Senior
High Students

售價：220 元

主　　　編 / 劉　毅
發　行　所 / 學習出版有限公司
　　　　　　TEL (02) 2704-5525
郵 撥 帳 號 / 05127272 學習出版社帳戶
登　記　證 / 局版台業 2179 號
印　刷　所 / 裕強彩色印刷有限公司
台 北 門 市 / 台北市許昌街 17 號 6F
　　　　　　TEL (02) 2331-4060
台灣總經銷 / 紅螞蟻圖書有限公司
　　　　　　TEL (02) 2795-3656
本公司網址 / www.learnbook.com.tw
電 子 郵 件 / learnbook0928@gmail.com

2024 年 3 月 1 日新修訂

ISBN 978-957-519-922-7